死神短歌

シニガミ
タンカ

神戸遥真

PHP

——あれ、きみ、ボクのことが見えるの？　ヤだなぁ。せっかく一人の時間を満喫《まんきつ》してたのに。あ、ボクのタブレット、勝手に見ないでよ。これは何かって？　……うーん、まぁ、今ちょっとヒマしてたからね。特別に説明してあげる。

これは短歌。三十一文字で詠《よ》む、日本の歌だ。

俳句《はいく》とはちがうよ。俳句《はいく》は五、七、五の十七文字だけど、短歌は五、七、五、七、七の三十一文字。あと、短歌は俳句《はいく》みたいに季語を必要としない。

短歌のことを「三十一文字《みそひともじ》」って呼《よ》ぶこともあるけど、短歌は本来「文字」ではなく「音」で数えるものなんだ。促音《そくおん》——小さな「っ」や、長音「ー」は一音としてカウント。「きゃ」や「しゅ」みたいな拗音《ようおん》と呼《よ》ばれるものは、二文字で一音のカウント。

最初の五音を初句《しょく》、つぎを二句《く》、三句《く》と呼《よ》び、これらをまとめて上《かみ》の句《く》という。残りの四句《く》、結句《けっく》は下《しも》の句《く》だ。

どう、わかった？　これが短歌の基本《きほん》。

プロローグ

千年以上の昔から、人は短歌を詠《よ》んできた。
うれしかったとき、悲しかったとき。
楽しかったとき、切なかったとき。
景色の美しさに感動したとき。
誰《だれ》かを恋《こい》しく想《おも》ったとき。
死を目前にしたとき。
人は三十一文字に想《おも》いをこめて、歌にする。
魂《たましい》は消えても、文字は、歌は、のちの世に残りつづける。
——え？　ボクはどういうときに歌を詠《よ》むのかって？
そんなの決まってる。人の魂《たましい》と別れるときだ。
だってボクは、死神だからね。

一　歌う

まっ暗だった視界《しかい》が、ふいに明るくなった。

「——あ、気がついた？」

知絵《ともえ》の目の前には、死神がいた。

体をおおうように黒いマントをふんわり肩《かた》から羽織《はお》り、すそからのぞく足は黒いタイトなパンツにショートブーツ。細い両手で黒いタブレット端末《たんまつ》のようなものを抱《かか》えていて、指先には黒いネイルが施《ほどこ》されていておしゃれだ。やや伸《の》び気味《ぎみ》な黒髪《くろかみ》の下にあるクールな顔には、どこかあどけなさも残っている。見た目からいえば、中学一年生くらいの少年だ。

だというのに、この子は死神だ、と知絵《ともえ》は本能《ほんのう》に近いところで察した。

「あの……えっと、あれ？」

知絵《ともえ》は、なぜか四車線の大通りの路肩《ろかた》に立っていた。まだ六月なのに今日は暑いくらいの陽気で、もうすぐ三十路《みそじ》の知絵《ともえ》は紫外線対策《しがいせんたいさく》のため朝から気合いを入れて日焼けどめを全身にぬり、日傘《ひがさ》もばっちり用意した。

なのに、その日傘《ひがさ》もどこかに行ってしまい、日ざしの暑さもまぶしさもなぜか感じられない。不思議に思って周囲を見まわし、目にした光景に息をのむ。

路線バスが横転し、そのそばにはバンパーが大きくひしゃげた乗用車が停《と》まっていた。

たくさんの救急車《きゅうきゅうしゃ》やパトカー、救急隊《きゅうきゅうたい》、野次馬《やじうま》が集まっていて、とんでもない騒《さわ》ぎになっている。大きな事故《じこ》だ。だというのに、なぜそれに今気がついたのか。

「思い出した？」

死神に問われたそのとき、潰《つぶ》れたバスから救助された誰《だれ》かが、担架《たんか》で運ばれていくのが見えた。シートにおおわれていて顔は見えないけど……。

一．歌う

あれは、わたし？

「わたし……バスに乗ってて。それで――」

体が浮《う》くような、ものすごい衝撃《しょうげき》を受けた。

鼓膜《こまく》がやぶれるような音、悲鳴、視界《しかい》がぐるぐるまわってぐちゃぐちゃになって、目の前がまっ暗に――。

「もしかしてわたし、死んだの？　だから、死神《あなた》が来たの？」

「そう」

クールな表情《ひょうじょう》でこたえた死神に、知絵《ともえ》はふたたび目の前が暗くなるようなショックを受けた。でも、体はふらついたりしない。

だって今の知絵《ともえ》は、幽霊《ゆうれい》だから。

「わたし……もしかして、地獄《じごく》行き？　死神が迎《むか》えに来たのはそのため？」

質問《しつもん》してから、よくわからなくなった。

死神って、何をする神さまなんだろう。

「ボクの仕事は、糸を切ること」

「糸？」

死神は、ふいに知絵《ともえ》の足もとを指さした。透明《とうめい》で細い、でもキラキラしていてたしかに存在《そんざい》する何かが、知絵《ともえ》の体から伸《の》びている。

「それは、魂《たましい》を現世《げんせ》につなぎとめる未練の糸。ふつうは亡《な》くなってすぐに糸は切れるんだけど、強い心残りがあると切れなくて、成仏《じょうぶつ》もできない。ボクの仕事は、未練を少しでも軽くして、これを切ること」

「な、なるほど……」

いまいちピンと来ない。でも、すなおに信じてしまう自分もいる。

そうか、わたし、死んじゃったのか。

走馬燈《そうまとう》のようにこれまでの日々がよみがえる。就職《しゅうしょく》してかれこれ六年、ブラック企業《きぎょう》で仕事ばかりの忙《いそが》しい日々だった。家族とも疎遠《そえん》で、友だちもろくにいない。唯一《ゆいいつ》の癒《い》やしが大好きなバンド、《春を夢見《ゆめみ》る夜》で……。

「わたし、まだ死ねない！」

そう、今日は《春を夢見《ゆめみ》る夜》の、念願の初全国ツアーなのだ。数か月前から、この日を迎《むか》えるためだけに仕事をがんばって生きてきた。

「わたしは、歌を聴《き》かなきゃいけないんだ!!」

直後、死神が「歌？」と目をパチクリとさせた。

「お姉さんも、歌、詠《よ》むの？」

「よむ？」

今度は、知絵《ともえ》のほうが目をパチパチとする。

「わたしは、バンドの歌が聴《き》きたいんだけど」

死神は、「あぁなんだ、音楽のほうか」とつぶやく。

「音楽じゃない歌なんてあるの？」

死神はちょっと気まずそうな顔になって、「たんか」とぼそぼそこたえた。

「え、何？　たん……あ、もしかして、短歌？」

すると、クールだった死神の表情《ひょうじょう》がたちまち動いた。

「えー、いいね！　和で風流だし、ステキな趣味《しゅみ》じゃん！」

「しゅ、趣味《しゅみ》とか、そんなんじゃ……」

死神はもごもごする。短歌なんて、学校の授業《じゅぎょう》で習って以来かも。おもしろい。

「ねぇねぇ、何か歌ってみて」

「短歌は、『歌う』じゃなくて『詠《よ》む』っていうんだ」

「さっすが！　じゃ、詠《よ》んでみて」

「ヤだ」

むくれている死神をほほえましく思いつつ、知絵《ともえ》は今の自分の状況《じょうきょう》に思考をもどす。

とにもかくにも、やることは一つ。

知絵《ともえ》は死神の手をガシリとつかんだ。

「ライブに行こう！」

知絵《ともえ》と死神は、バスと電車を乗りついで目的のホールを目指した。

「魂《たましい》って、飛んだり壁《かべ》をすり抜《ぬ》けたりできるものだと思ってたよ」

魂《たましい》になってまで電車にゆられるなんて。周囲に知絵《ともえ》の姿《すがた》は見えていないようだけど、なんとも不思議な気分だ。

「できるよ。ただ、死んだばかりだとうまくできない人が多い。あ、でも、子どもはできる人も多いかも」

死神――ウタと名乗った――は、さらりとした口調でこたえ、立ったままの姿勢《しせい》でふわりとその場に浮《う》かんでみせた。知絵《ともえ》は真似《まね》してみたけどただのジャンプにしかならず、ウタは鼻でふふんと笑うだけで、やり方を教えてくれない。

そうして二人は電車を下車して徒歩五分、目的のホールに到着《とうちゃく》した。ホールはもう開場していて、おそろいの黒いライブTシャツ姿《すがた》のファンがあちこちにいる。

「あ、スマホがないと入れないじゃん！」

魂《たましい》になってから、そういえば知絵《ともえ》は手ぶらだった。荷物はきっと、事故《じこ》の起きたバスの中だ。ライブTシャツも事前通販《つうはん》で買ってあったのに！

けど、ウタはあきれたような顔をする。

「魂《たましい》なんだから、好きに入れるよ」

二人は電子チケットの確認《かくにん》をしているゲートをそろそろと通《とお》り抜《ぬ》け、ホールの中に入った。にぎやかなおしゃべりや物販《ぶっぱん》コーナーの声に、知絵《ともえ》の気持ちはたかぶってくる。エントランスをぐるりと見てから、さっそく客席に移《い》動《どう》した。今はまだ空っぽのステージに、たちまちワクワクがとまらなくなる。

「わたしの座席《ざせき》、どこだろう」

「せっかくなら、一番前で見たら？　というか、魂《たましい》なんだし、どこにでも行けるけど。舞台《ぶたい》そででも、楽屋でも」

「さ、さすがにそれはルール違反《いはん》だよ！　舞台裏《ぶたいうら》は勝手に見ちゃダメ！」

「そういうもの？」

「悪いことしたら、天国に行けなくなりそうだし！」

そうこたえてから、知絵《ともえ》はふと不安になった。自分は、天国に行けるような人間なんだろうか。でも、地獄《じごく》に行くのは怖《こわ》い……。

「天国とか地獄《じごく》とか、そういうのないから。死んだら、みんな同じ」

「そうなの？」

「だから、遠慮《えんりょ》とかしないでやりたいことやったほうがいい」

そういうことは、生きてるうちに知りたかった。

「そっか……でも、舞台裏《ぶたいうら》は遠慮《えんりょ》しておくよ。衣装《いしょう》とか、ステージで見たいから」

知絵《ともえ》とウタは、客席の最前列、どまん中を陣《じん》どった。つぎつぎと客席に集まってくるファンの子たちは、みんなペンライトを持っている。今回のライブグッズで、知絵《ともえ》ももちろん買っていた。ボタンをおすと色が変わって、とってもきれいだった。

「ペンライト、使いたかったなぁ……」

「ペンライトがないと、未練になりそう？」

知絵《ともえ》の未練を気にするウタは、やっぱり死神なんだなと再認識《さいにんしき》した。知絵《ともえ》は首を横にふる。

「こんな特等席で見られるなら、それで十分」

そうして待つこと十数分。

いよいよだ!

客席がふっと暗くなり、そして直後。

ステージがまばゆいばかりのライトで照らし出され、知絵《ともえ》はヒュッと息をのむ。

ほんの数メートル先に、ボーカルのKana《カナ》がいる!

鳴《な》り響《ひび》くギターの音、空気をふるわせるドラムの音に、客席は歓声《かんせい》に包まれた。知絵《ともえ》も声にならない声をたくさんあげる。

自分の姿《すがた》はもう誰《だれ》にも見えないし、声もとどかない。

それでもいい。

これでもかと声を出して両手をふりまわす。

最初の数曲はもう無我夢中《むがむちゅう》だった。大好きな曲を間近で浴び、バンドメンバーと同じ空間を共有しているという事実に感動し、魂《たましい》だというのに全身がビリビリしびれて涙《なみだ》がにじむ。

最高、最高、最高！

そうして三曲目が終わったところで、知絵《ともえ》はふととなりを見た。

ウタも、リズムを取るように体を小さくゆらしていた。その丸い目に、ステージのきらめく照明が映《うつ》っている。

死神だし、きっとバンドにはくわしくないと思うのに……。

さっきまでの興奮《こうふん》とはべつの種類の感情《かんじょう》がふいにこみあげ、知絵《ともえ》の胸《むね》はじわりと熱くなった。

――知絵《ともえ》はずっと、ほかのファンの人がうらやましかった。

知絵《ともえ》には、いっしょにライブに行くような友だちも、ＳＮＳで好きな曲の感想を言いあうような仲間もいなかった。仕事に追われるばかりの毎日で、誰《だれ》かと時間を共有するような余裕《よゆう》はなく、ただただ一人で曲を聴《き》くことしかできなかったのだ。

でも、今日はちがう。

となりにウタがいる。

ステージにむかって拍手《はくしゅ》を送りながら、ウタがポツリと漏《も》らした。

「今の、いい曲だった」

そんな言葉に、知絵《ともえ》はウタのほうに前のめりになる。

「だよね！　すっごくよかったよね！」

さっきの歌詞《かし》にはじつはこういう意味もあって、間奏《かんそう》のギターソロはライブのたびにちがってて、この曲とさっきの曲にはつながりがあって……と、知絵《ともえ》はつい早口でまくし立ててしまう。

ひととおりしゃべってから、ハッとした。さすがにひかれたかも……。

けど、ウタはふんふんとうなずく。

「そういうの、聴《き》いてるだけじゃわからないね。さすがファン」

そして、ふわりと笑う。

「おもしろい」

とうにとまったはずの心臓《しんぞう》が、トクトクと音を立てるよう。

知絵《ともえ》が求めていたものは、本当の未練は。

これだったのかも。

となりのウタの存在《そんざい》を意識《いしき》しながら、そのあとも全力でライブを楽しんだ。

アンコール。鳴りやまない歓声《かんせい》にたくさんの拍手《はくしゅ》。色あざやかなペンライトの波が、終演《しゅうえん》を惜《お》しむようにゆれる。

「――あー、楽しかった！」

知絵《ともえ》は笑顔《えがお》でウタのほうをむいた。ステージに夢中《むちゅう》になっていたらしいウタは、少しあわてたように知絵《ともえ》を見かえす。

「ウタはライブ、どうだった？」

知絵《ともえ》の質問《しつもん》に、ウタは「まぁ」とかごにょごにょとこたえ、それから言った。

「楽しかった、と思う」

あ、なんかこれ、すごくうれしい。友だちに、布教《ふきょう》ができたみたい。

あらわれたのが、このかわいらしい死神でよかった。

「よかった。ウタ、今日は本当に、ありがとね」

――ぷつり。

未練の糸が切れる。

知絵《ともえ》の視界《しかい》はきらめいて、最高にきれいであざやかな、ペンライトの海に溶《と》けた。

＊＊＊

終演《しゅうえん》のアナウンスがあり、客席が明るくなった。荷物をまとめて帰り支度《じたく》をする観客たちを横目に、ウタはマントのポケットから黒いタブレット端末《たんまつ》――《黒タブ》を出し、画面をスッスとスライドしてリストを確認《かくにん》する。

知絵《ともえ》の名前が消えていた。

ウタの仕事は魂《たましい》の未練を少しでも軽くするための手助けだが、それでも完全に未練がなくなることはむずかしく、最後は鎌《かま》で断《た》ち切るのがいつものパターンだ。

『未練がきれいになくなるなんて、めずらしいネ！』

いつの間にか、画面のすみに黒猫《くろねこ》のクロノスが表示《ひょうじ》されていた。クロノスは《黒タブ》に住んでいる、ウタのアシスタントだ。鮮血《せんけつ》みたいなまっ赤《か》な瞳《ひとみ》が、今日もらんらんとしている。

『いい仕事、したんじゃナイ？』

ウタは「まぁね」と小さくこたえた。クロノスはまだにゃあにゃあ言っていておしゃべりをしたそうだったけど、ウタは「スリープ、クロノス」と言って消す。クロノスのおしゃべりで、まだ体に残っている音楽の余韻《よいん》を壊《こわ》したくなかったのだ。

まだ足もとがふわふわする。ライブははじめてだったけど、夢中《むちゅう》になる理由は理解《りかい》できた。

いろんな「歌」があるんだな。

退場《たいじょう》していく観客たちはみな明るい表情《ひょうじょう》で、そこかしこでおしゃべりしていてにぎやかだった。客席は少しずつ静寂《せいじゃく》をとりもどし、やがて。

ウタは一人になった。

《黒タブ》でいつものアプリをひらき、ウタは自分の趣味《しゅみ》である歌——短歌を詠《よ》んで書きつける。

【空《から》の席　目蓋《まぶた》に残るペンライト　はじめて気づくとなりの不在《ふざい》】

二 悔《くや》む

もうすぐ訪《おとず》れる夏休みを前に、学校全体がどこかそわそわした空気に包まれる、七月になってすぐのこと。

小学四年生の東太《とうた》は、ふと気がつくと幽霊《ゆうれい》になっていた。

なんで幽霊《ゆうれい》になったとわかったかというと、体がふわふわしていて、地面から浮《う》いていたからだ。

東太《とうた》は以前、重力について教わったとき、よくわからなかった。地球に引っぱられる力ってなんなんだろうと。けど、東太《とうた》の体は重力によって地面に引っぱられていたのだと、ようやくちゃんと理解《りかい》できた。ふわふわふわふわしている今の東太《とうた》は、重力からあまりに自由すぎる。

最初は手足をばたばた動かして空《くう》を切るばかりだったが、少ししてコツをつかみ、東太《とうた》は体を移動《いどう》させせられるようになった。こっちに行きたいと思えば、体が勝手にすぅっと動くのだ。ゲームに出てくるゴーストのキャラみたいな動き。

東太《とうた》は人気《ひとけ》のない旧校舎《きゅうこうしゃ》の階段《かいだん》下にいた。なので、ひとまず自分の教室がある一般校舎《いっぱんこうしゃ》に移動《いどう》してみることにした。

スッスッスッと体を動かすのは、慣《な》れるとスケートみたいでちょっと爽快《そうかい》。うっかり柱にぶつかりそうになっても、幽霊《ゆうれい》となった東太《とうた》の体はすり抜《ぬ》ける。

幽霊《ゆうれい》すごい！

旧校舎《きゅうこうしゃ》を出ると太陽がギラギラと世界を照らしている。いかにも夏って感じだけど、幽霊《ゆうれい》の東太《とうた》はまぶしさも暑さも感じない。

学校はお昼休みの最中で、校舎《こうしゃ》の周りを駆《か》けまわっている児童がたくさんいる。一般校舎《いっぱんこうしゃ》の入口、掃除《そうじ》用具入れのそばのスペースで、同じクラスの男子たちがサッカーボールを蹴《け》っていた。

「おーい！」

東太《とうた》は思わず声をかけた。

けど、誰《だれ》も反応《はんのう》せず、すぐに思い出す。

そうだった、おれ、幽霊《ゆうれい》になったんだった……。

自分は幽霊《ゆうれい》になった、とわかっていたつもりなのに。そのことを、ちゃんと理解《りかい》できていなかった東太《とうた》は、急にパニックになってしまう。

おれ、なんで幽霊《ゆうれい》になってんの⁉

幽霊《ゆうれい》ってつまり、死んだってこと⁉

目の前がチカチカ点滅《てんめつ》し、ぶるぶるふるえながら東太《とうた》はサッカーボールで遊んでいるクラスメイトたちに近寄《ちかよ》った。

「おい、おれだってば、トータだって！」

「こっち見てよ！」

「ここにいるんだってば！」

「誰《だれ》か……誰《だれ》かぁぁぁぁぁ！」

さけんでも手をふってわめいても、誰《だれ》も東太《とうた》に気づかない。しまいには昼休みの終わりをつげるチャイムが鳴って、クラスメイトたちは校舎《こうしゃ》にもどってしまった。

誰《だれ》もいなくなった空間に、絶望《ぜつぼう》した東太《とうた》はただよっていた。座《すわ》りこんで頭を抱《かか》えてわんわん泣きたい気分だったけど、重力から解放《かいほう》された今の東太《とうた》にはそれすらうまくできない。

なんで、なんで、なんで……！

「――きみ」

ふいに聞こえた声に、東太《とうた》はパッとふりかえった。

この炎天下《えんてんか》には不似合《ふにあ》いな、まっ黒なマント。黒いタブレット端末《たんまつ》を両手に抱《かか》えた、中学生くらいの少年が立っている。

「お……おれのこと、見えるの？」

知らない人とはいえ、誰《だれ》かに見つけてもらえた安心感で、東太《とうた》は顔をゆがめた。

「まぁね」

二．悔む

「お、おれ、おれ……気づいたら、幽霊《ゆうれい》、みたいなのになっちゃってて！」

必死に説明する東太《とうた》を、少年はクールな目で見つめている。その白い肌《はだ》を見て、東太《とうた》はふいにぶるっと寒気を覚えた。

この人は、どうして東太《とうた》のことが見えるんだろう。

不自然な全身黒づくめの格好《かっこう》。まるで人間じゃないような雰囲気《ふんいき》。

ふと、東太《とうた》の脳裏《のうり》にこんな単語が浮《う》かぶ。

――死神。

「お、おれ……死ぬの？　死んだの？」

東太《とうた》はふたたびパニックにおちいりそうになったが、少年は――死神はこれっぽっちも動じず、冷静に東太《とうた》につげる。

「思い出しなよ」

「お、思い出し……？」

「どうして今みたいな状況《じょうきょう》になったか、ちゃんと思い出すんだ」

死神の言葉に、東太《とうた》は両手で頭をおさえ、必死に考えた。

気づいたら、幽霊《ゆうれい》になっていた。旧校舎《きゅうこうしゃ》の階段《かいだん》下にいた。旧校舎《きゅうこうしゃ》には資料《しりょう》室《しつ》や第二音楽室などがあり、ふだんの授業《じゅぎょう》では使われない。なのに、どうしてあんなところにいたのか――。

混乱《こんらん》していた脳《のう》みそに、少しずつ記憶《きおく》の断片《だんぺん》がよみがえる。

東太《とうた》は……そう、親友の翔貴《しょうき》といっしょにいた。

翔貴《しょうき》と給食の早食い競争をして、昼休みになってすぐに教室を出て。旧校《きゅうこう》舎《しゃ》に行った。旧校舎《きゅうこうしゃ》は用がないときは入っちゃいけないことになっていたから、こっそり探検《たんけん》しようって、翔貴《しょうき》と前々から計画していたのだ。

木造《もくぞう》の旧校舎《きゅうこうしゃ》は歩くたびにギシギシと廊下《ろうか》が鳴ってドキドキした。東太《とうた》と翔貴《しょうき》は、ドタドタと旧校舎《きゅうこうしゃ》を走って一周し、そして。

最後に、あの階段《かいだん》にたどりついた。

どちらが先に旧校舎《きゅうこうしゃ》の入口につけるか、東太《とうた》と翔貴《しょうき》は競争した。二人はいつだって勝った負けたと勝負するのが好きだった。二階の廊下《ろうか》を駆《か》け、リードしていたのは東太《とうた》。ラストスパート、階段《かいだん》を一段《だん》飛ばしで駆《か》けおりて

──。

落っこちた。

「おれ、おれ……階段《かいだん》から落ちて、それで」

「頭を打ったんだ」

死神はクールなまま、淡々《たんたん》とした口調で東太《とうた》の言葉を引きつぐ。

「あ、ああ、頭を打ったら、その……」

「最悪、死ぬかもしれないね」

東太《とうた》はもう死神を見ていられず、足もとに目を落とした。東太《とうた》の二本の足は、やっぱり地面から浮《う》いている。というか、幽霊《ゆうれい》にも足があるんだな、なんて。

「きみをとめる人はいなかったの？」

死神が聞いてくる。東太《とうた》はこたえられない。

先生に、「旧校舎《きゅうこうしゃ》には入っちゃいけません」って前から言われていた。廊下《ろうか》を走るのもダメだって、何度も注意されていた。

東太《とうた》はいつもじっとしていられず、走ったり跳《は》ねたりしてばかり。お母さんやお父さんにも、「危《あぶ》ないから気をつけなさい」と年中心配されていた。

東太《とうた》をとめようとする人は、たくさんいた。

だけどそれを、東太《とうた》はいつだってムシしてきた。

大丈夫《だいじょうぶ》だって過信《かしん》してた。

全然、大丈夫《だいじょうぶ》じゃなかったのに。

ケガをして、こんなふうに幽霊《ゆうれい》になっちゃうこともあるのに。

東太《とうた》はなんにもわかっていなかった。

「……めん、なさい。ごめん。ごめんなさい……」

嗚咽《おえつ》しながら、東太《とうた》は謝《あやま》りつづけた。幽霊《ゆうれい》だからか涙《なみだ》はまったく出てこなくて、変な泣き声ばかりが口から漏《も》れる。ホラー映画《えいが》に出てくるおばけの声みたい。

おうおうと声をあげる東太《とうた》に、死神は大きくため息をついた。

「じゃ、つぎは言われたことを守るんだね」

二．悔む

そして、死神は東太《とうた》の背中《せなか》をポンとたたいた。

ハッと目をあけた東太《とうた》は、全身に重力を感じた。

体が重たい。

そして、後頭部がズキズキと痛《いた》む。

「東太《とうた》、東太《とうた》、東太《とうた》……！」

さっきの東太《とうた》みたいに、おうおうと声をあげて泣いているのは翔貴《しょうき》。

わけがわからないでいると、やって来た保健室《ほけんしつ》の先生が説明してくれた。

東太《とうた》は、翔貴《しょうき》とふざけていて階段《かいだん》から落ちたこと。

翔貴《しょうき》といっしょに自分で保健室《ほけんしつ》までたどりついたが、そのあと気を失ったこと。

救急車《きゅうきゅうしゃ》の到着《とうちゃく》を待っているところだったこと。

「おれ、死んだんじゃないの……？」

ベッドに横になったまま聞くと、涙《なみだ》と鼻水で顔をぐしゃぐしゃにした翔貴《しょうき》がこたえた。

「死んでないし！　バカ！　東太《とうた》のアホ！」

翔貴《しょうき》のふたたびの泣き声が頭に響《ひび》く。

……死神と話したのは、夢《ゆめ》だったのかな。

今はベッドと接《せっ》している背中《せなか》に、死神にポンとふれられた感触《かんしょく》がまだ残っているような気がした。


——その後。

東太《とうた》は病院に運ばれていろいろと検査《けんさ》をしたが、幸いにも大きなケガはなく、たんこぶ一つですんだ。

親や先生にこってりとしぼられた東太《とうた》は、死神に言われた言葉を思い出し、すなおに謝《あやま》った。反省文もちゃんと書いて提出《ていしゅつ》した。

そして、前よりちょっと聞きわけがよくなった。

大人がダメだということには、それなりの理由がある。ちゃんと自分でそれを考えられるようになった東太《とうた》は、前より少し思慮深《しりょぶか》くなり、数年後には児童会の会長になった。

＊＊＊

ウタは、《黒タブ》のリストを念のため見なおした。

あの小学生の名前は、やっぱりない。

「——召喚《サモン》、クロノス」

ウタはクロノスを《黒タブ》に表示《ひょうじ》した。

「さっきの小学生は、リストにないってことでいいんだよね？」

クロノスがまっ赤《か》な瞳《ひとみ》を大きく見ひらき、そしてすぐにまばたきしてにゃんと鳴く。

『リストには、存在《そんざい》しないヨ！』

はぁ、と思わずため息が漏《も》れる。

なんかもう、まぎらわしいし、やめてほしい。
仕事の合間に街をうろうろしていると、たまに幽体離脱《ゆうたいりだつ》した魂《たましい》と出会うことがある。
うっかり未練の糸を切ったら、こっちのミスになっちゃうし。
あの小学生の、絶望《ぜつぼう》に満ちた泣き声を思い出す。
……泣いてゆるされるならいいよね。
だってウタは、泣こうがわめこうが、〝上〟にゆるしてもらえなかったから。
おかげで現世《げんせ》に落とされ、こうして死神業務《ぎょうむ》をやっている。
ゆるされるうちが花だ。

【泣いてすみやりなおせるはただの運　今日もこうして仕事にはげむ】

三 贈《おく》る

夏菜子《かなこ》は、昔から何かと不幸体質《たいしつ》だった。

家を出ればすぐに転んでドブにはまり、小学生のころは手足が絆創膏《ばんそうこう》だらけ。リードがはずれた犬に追いかけられる、なんていうのも日常茶飯事《にちじょうさはんじ》だ。忘《わす》れものや、急な電車やバスの遅延《ちえん》による遅刻《ちこく》はしょっちゅう。文化祭や受験といったイベントごとの際《さい》はトラブルが必須《ひっす》で、高校、大学となんとか卒業できたときには家族に奇跡《きせき》だとよろこばれた。その後、就職《しゅうしょく》した会社は三日で倒産《とうさん》し、転職《てんしょく》活動でまた苦労した。

そんな夏菜子《かなこ》にとって、人のいい夫と結婚《けっこん》できたことは、人生の中でも幸福だったことの一つだといえる。

けど、そんな夫も夏菜子《かなこ》に負けずトラブルだらけ。最近では人がよすぎて詐欺《さぎ》にあいかけ、全財産《ぜんざいさん》を失い借金まで背負《せお》う寸前《すんぜん》だった。さすがに夏菜子《かなこ》もひと言言わずにはおれず、夫とはケンカになって今も冷戦中だ。

おまけに、中学二年生の一人息子《むすこ》は絶賛反抗期《ぜっさんはんこうき》の最中。トラブルだらけの両親に愛想《あいそ》をつかしたくなる気持ちはわからなくもない。

そんな落ちつかない日々の、五月のある日のことだった。

夏菜子《かなこ》は、銀行強盗《ごうとう》に遭遇《そうぐう》した。

「――おまえら、動くんじゃねーぞ！」

映画《えいが》に出てくる銀行強盗《ごうとう》そのままみたいな、赤と青のマスクをかぶった男二人が、黒光りする拳銃《けんじゅう》を人質《ひとじち》たちにむける。いかにも安っぽいシチュエーションで、拳銃《けんじゅう》もモデルガンのよう。何かの撮影《さつえい》だと言われたら、信じてしまいそうな空気すらただよう。

けど、あのニセモノっぽい拳銃《けんじゅう》がホンモノであることを、人質《ひとじち》たちは知っている。

なぜなら、すでに犯人《はんにん》の一人がカウンター近くの天井《てんじょう》に一発発砲《いっぱつはっぽう》し、蛍光《けいこう》灯《とう》を一つ壊《こわ》しているからだ。

カウンターにいた銀行員やいあわせた客たち約二十人は、結束バンドで手をしばられ、待合エリアの床《ゆか》に座《すわ》らされ、体を小さくしてふるえている。

そんな人質《ひとじち》ご一行さまの中に、夏菜子《かなこ》もいるのだった。

これまでもさまざまなトラブルに巻《ま》きこまれてきた夏菜子《かなこ》だが、白昼堂々の銀行強盗《ごうとう》はもちろんはじめての経験《けいけん》だ。

わたしってば、どうしてこう不幸なんだろう……！

自分の不幸体質《たいしつ》をなげいてもしかたない。幸いにも、夏菜子《かなこ》は小さなケガは年中するものの、命にかかわるような大ケガはこれまでしたことがなかった。今回もきっと、不幸の神さまはほどほどのところで見逃《みのが》してくれるはず。

銀行強盗《ごうとう》は銀行員の若《わか》い女の子二人に拳銃《けんじゅう》をつきつけ、金を用意するように命令した。女の子たちは足をがくがくさせながら立ちあがり、カウンターの奥《おく》のほうへと移動《いどう》する。

あの子たちは大丈夫《だいじょうぶ》だろうか。ひどいことを……。

恐怖《きょうふ》の中に、じわじわと怒《いか》りも感じはじめたそのとき。

夏菜子《かなこ》は、ふと気がついた。

人質《ひとじち》たちの輪のすぐそばに、男の子が座《すわ》っている。

少年、と形容《けいよう》するのがいいのだろうか。見た目から判断《はんだん》するに、夏菜子《かなこ》の息子《むすこ》、颯平《そうへい》と同じか、一つか二つ下くらいかと思われた。やや伸《の》び気味《ぎみ》の黒《くろ》髪《かみ》は、ふれたらさらさらと指が通りそう。

そんな少年が、フードつきの黒いマントを羽織《はお》っている。

五月とはいえ、最近は晴天つづきで気温は三十度近くまであり、半そででもちょうどいいくらい。少年の格好《かっこう》は見るからに厚着《あつぎ》すぎる。

なのに、不思議と暑そうに見えなかった。むしろ色の白い肌《はだ》は涼《すず》しげで、澄《す》んだ瞳《ひとみ》はなんともクール。銀行強盗《ごうとう》たちがいるカウンターのほうをぼんやりと見つめ、立てたひざにひじをおき、気《け》だるげな雰囲気《ふんいき》でほおづえをついている。

そう、ほおづえ。

この男の子、手をしばられてない！

その事実に気づいた夏菜子《かなこ》の心臓《しんぞう》は、たちまちバクバクと鳴りだした。

もしかしたらこの子、小柄《こがら》だし、ずっとどこかにかくれていて、強盗《ごうとう》たちも気がつかなかったんじゃないだろうか。

夏菜子《かなこ》は強盗犯《ごうとうはん》たちの目を気にしつつ、すりすりと体を動かし、少年のほうに移動《いどう》した。幸いにも、夏菜子《かなこ》の動きは強盗犯《ごうとうはん》たちには見られていない。

「ねぇ、きみ」

夏菜子《かなこ》は、ヒソヒソ声で少年に話しかけた。

「一人なの？　おうちの人は、いるのかな？　もし一人なら、怖《こわ》かったよね」

少年はその丸い目をさらに丸くし、夏菜子《かなこ》のほうを見た。

バチンとまっすぐに目があって、夏菜子《かなこ》はふと思う。

この子、死神みたい――。

すぐにハッとした。死神だなんて、なんと失礼な、縁起《えんぎ》でもないことを考えてしまったんだろう。

けど、どうしようもなく、そんなふうに感じてしまった。見た目の年齢《ねんれい》にそぐわないクールな空気や、どこか得体《えたい》の知れない雰囲気《ふんいき》にくわえ、夏菜子《かなこ》自身もこの状況《じょうきょう》が怖《こわ》くて不安なせいだろう。

怖《こわ》くても、しっかりしなきゃ。大丈夫《だいじょうぶ》。わたしは大人、子どもは守る。

夏菜子《かなこ》はつとめて明るい表情《ひょうじょう》を作った。

「きみのこと、よければだけど、教えてよ。小さな声でおしゃべりしよう」

少年は目をパチパチしていて、まだ不思議なものでも見るような顔をしている。

見たところ、少年を気にかけている大人は周囲にいない。やはり一人のようだ。

平日の午後、中学校が終わる時間にはまだ少し早い気はするけど……何か事情《じじょう》があって、だからこそ銀行に用があったのかもしれない。そうだよね。親が急病で、そのおつかいだったとか。

息子《むすこ》の颯平《そうへい》のことを思い出し、夏菜子《かなこ》の胸《むね》はたちまちギュッとする。なんとしてでも、この少年を守ってあげないと。

「きみ、名前は？」

少年は強盗犯《ごうとうはん》がいるカウンターのほうに目をやったまま、小さな声でこたえた。

「……ウタ」

「そうなんだ！　いい名前だね、ウタくんか。年がいくつか聞いていいかな？」

すると、少年は――ウタは、唇《くちびる》をキュッと横に結ぶ。

「黙秘《もくひ》」

「あ、ごめん」

プライバシーにかかわることを、ずかずか聞いてしまったのかもしれない。中学生って、そういうのに敏感《びんかん》なお年ごろだもんね。

年を重ねるにつれ、どうして人間というのは遠慮《えんりょ》がなくなっていくんだろう。おばちゃんの悪いクセだ。

夏菜子《かなこ》は、しばられ不自由になった両手を使い、そばにあった自分のバッグをなんとか引《ひ》き寄《よ》せた。おわびの気持ちもこめて、バッグの中からチョコレートの箱を取り出す。

「ウタくんに、このチョコあげる。イチゴ味、大好きなんだ。よければだけど……」

すると、クールだったウタの表情《ひょうじょう》がパッと明るくなった。

「いいの？　ありがと！」

ウタは両手でチョコを受け取り、ピンクのパッケージをなんともうれしそうに眺《なが》めている。年相応《としそうおう》のかわいらしい反応《はんのう》をようやく見られ、夏菜子《かなこ》はホッとした。

と、そのとき。

「おい、あんた」

すぐ後ろにいた中年男性《だんせい》が、夏菜子《かなこ》にこそっと声をかけた。他人にいきなり「あんた」だなんて無礼な声かけをするのは、ダメな大人の見本だなと思う。

「さっきから、何を一人でぶつぶつ言ってんだ」

「え……一人？」

そのとき、ようやく気がついた。

中年男性《だんせい》だけではない。周囲にいるほかの人質《ひとじち》たちも、不気味なものでも見るような目を夏菜子《かなこ》にむけているのだ。

「一人では、ありませんって。わかるでしょ？　子ども一人はほっとけなくて」

「子ども……？」

けど、中年男性《だんせい》は顔をしかめ、眉間《みけん》のしわを深くする。

「頭、おかしくなったのか？」

「な……」

失礼な、と思い夏菜子《かなこ》はウタのほうを見た。

チョコの箱を両手で抱《かか》えたウタは、またクールな表情《ひょうじょう》にもどり、夏菜子《かなこ》やほかの人質《ひとじち》たちに観察するような目をむけている。

ここに、たしかにいるのに。

たしかに……本当に？

一人だけ手をしばられていない、死神みたいな男の子。

この子は、本当にここにいるんだろうか。

もしかしたら、本当に自分の頭がおかしくなって……？

「おい、おまえら！」

急に声をかけられ、夏菜子《かなこ》たち人質《ひとじち》はビクリとした。

「何コソコソ話してやがる」

強盗《ごうとう》の一人が、拳銃《けんじゅう》を手にしたままカウンターのほうからずかずかとやって来る。中年男性《だんせい》は、ひっと声をあげて体を縮《ちぢ》こませる。強盗犯《ごうとうはん》は、まっすぐに夏菜子《かなこ》のほうに歩いてきていた。

全身が血管になったように、ドクドクと音を立て視界《しかい》がゆれる。

気まぐれな不幸の神さまは、今度こそ夏菜子《かなこ》にトドメを刺《さ》すのだろうか。

……颯平《そうへい》、中学校はもう終わったのかな。今ごろは陸上部の練習中かな。

お父さんも、仕事中だよね。最近ケンカばかりだったし、今日の夕飯はお父さんの好物のグラタンを作ろうと思っていたのに。

あぁ、イヤだ。ヤだなぁ。

こんなところで、死にたくない――。

視界《しかい》のすみで、何かが動いた。

左手でチョコの箱を持ったウタが、はずみをつけて立ちあがったのだ。

「ウタくん！」

夏菜子《かなこ》は思わず声をあげてしまう。

強盗犯《ごうとうはん》を刺激《しげき》するようなこと、しちゃいけない……！

「――おばさん、大丈夫《だいじょうぶ》だよ」

ウタは、せまりくる強盗犯《ごうとうはん》のほうをまっすぐに見つめ、そして。

にやりと笑った。

「おばさんは、死なないから」

「え……？」

そのとき、あいていたウタの右手に、何かが唐突《とうとつ》にあらわれた。

三日月型《みかづきがた》の大きな刃《は》。長い棒状《ぼうじょう》の柄《え》。

大きな鎌《かま》……？

「あと、おばさん、短歌の才能《さいのう》があると思う」

「短歌？」

何を言ってるんだと思った、つぎの瞬間《しゅんかん》。

ウタが、大鎌《おおがま》をひゅんっと軽く動かした。

「——ぐはっ」

直後、強盗犯《ごうとうはん》が手から拳銃《けんじゅう》を落として自分の胸《むね》をおさえ、しまいにはその場にバタンと倒《たお》れこむ。

「何があった!?」

もう一人の強盗犯《ごうとうはん》が声をあげ、あわててこちらに来ようとした。が、おどされていた銀行員の若《わか》い女性《じょせい》が、それに後ろからズドンと体あたり！

三．贈る

警察《けいさつ》も突入《とつにゅう》し、強盗犯《ごうとうはん》はあっという間に捕《つか》まえられた。倒《たお》れた強盗犯《ごうとうはん》は心《しん》臓発作《ぞうほっさ》を起こしているらしく、そのまま救急車《きゅうきゅうしゃ》に乗せられ、警察官《けいさつかん》といっしょに運ばれていった。

嵐《あらし》のような時間が過《す》ぎ、人質《ひとじち》だった夏菜子《かなこ》はこうして解放《かいほう》された。女性警官《じょせいけいかん》につきそわれて銀行の建物を出ると、真夏のような太陽があまりにまぶしく目に刺《さ》さり、世界が急速に色づいた。

今回も、不幸の神さまは夏菜子《かなこ》に手加減《てかげん》してくれた……。

颯平《そうへい》に連絡《れんらく》できるだろうか。今晩《こんばん》は、お父さんの好きなグラタンを作れるだろうか。そんなことを、ぼんやり考えていたところ。

「――お母さん！」

今まさに考えていた、颯平《そうへい》と夫が目の前にいた。二人は目をまっ赤《か》にしていて、ボロボロ泣きながら夏菜子《かなこ》をギュッと抱《だ》きしめる。

「え、え、どうして？」

泣きながら二人が話してくれたところによると。

銀行強盗《ごうとう》が立てこもったというニュースは大々的に報《ほう》じられ、SNSにも野次馬《やじうま》により多くの写真や動画が投稿《とうこう》された。近所の銀行での事件《じけん》だと気がつき、夫もSNSを見ていたそう。

すると、写真の一つに、夏菜子《かなこ》らしき女性《じょせい》が映《うつ》っていたというのだ。

すぐさま夫は颯平《そうへい》と連絡《れんらく》を取りあって現場《げんば》に駆《か》けつけ、近くでずっと待機していたらしい。

不安の糸が切れたのか、颯平《そうへい》はいつまでもぐずぐずと泣いていた。最近の反抗期《はんこうき》が嘘《うそ》のような様子に、夏菜子《かなこ》はつい笑ってしまう。

「わたしって、意外や意外、強運の持ち主なのよ。もう泣かないで」

すると、颯平《そうへい》は鼻水をずびっとさせて笑った。

「母さんって、いつも変なリズムでしゃべるよな」

＊＊＊

ウタは、急な心臓発作《しんぞうほっさ》で亡《な》くなった強盗犯《ごうとうはん》の未練の糸を強引《ごういん》に切り、魂《たましい》を送った。

昔から心臓《しんぞう》に持病があったようだが、銀行強盗《ごうとう》の最中に発作《ほっさ》が起きるだなんて、本人も予想外だっただろう。

《黒タブ》を操作《そうさ》し、ウタはリストを確認《かくにん》する。

ウタの仕事は、〝上〟から送られてくるリスト、に基《もと》づいて行われる。そこには死せる者の名前、そして死亡《しぼう》予定の時刻《じこく》が表示《ひょうじ》されている。

『あーあ、またいけないことしちゃったネ』

画面のすみで、クロノスがくるくるとまわる。クロノスは、たいていウタが召喚《しょうかん》する前にあらわれる。

「リストの時間をちょっといじるくらい、問題ないだろ」

『問題ないかを決めるのは、〝上〟の仕事だヨ』

ウタは口うるさいクロノスをスリープさせた。

リストは絶対《ぜったい》じゃない。死神の不手際《ふてぎわ》や、いろいろな条件《じょうけん》が重なって変わることもあるし、〝上〟や死神が手をくわえることもある。時間をちょっと前倒《まえだお》しするくらい、なんてことないはずだった。

時間をいじってケガ人を減《へ》らすくらい、大目に見てもらいたい。

ウタはマントの内ポケットに《黒タブ》をしまい、代わりにチョコの箱を出した。ピンクのかわいいパッケージ。イチゴ味、超《ちょう》サイコー。

ピンクの甘酸《あまず》っぱいチョコをつまみつつ、ウタはあのおばさんのことを思い出す。

おばさんには、これからも元気に短歌を詠《よ》んでもらいたい。無意識《むいしき》に五七五七七のリズムでしゃべれるなんて、すごすぎる。

【数秒で変わる運命くらいなら　たまにはチョコでサービスしよう】

四 遊ぶ

「――待って！」

理乃《りの》は、とっさにその男子の手首をつかんだ。

けど、その手首はドキリとするくらい冷たくて白く、おまけにふりかえったその男子の顔は、思っていた人と似《に》ているようでまったく似《に》ていなかった。

「……ごめんなさい」

理乃《りの》はパッと手をはなした。

「人ちがい、しちゃった……」

その男子は、中二の理乃《りの》と同い年くらいに見えた。理乃《りの》より少し背《せ》が高く、体の線は全体に細い。そして、七月下旬《げじゅん》という真夏にはなんとも似《に》つかわしくない、まっ黒なマントを羽織《はお》っている。

本当に、なんで、変なかんちがいをしちゃったんだろう。

この人とケイ先輩《せんぱい》じゃ、似《に》ても似《に》つかないじゃん……。


女子バスケ部の理乃《りの》は、かれこれ一年以上、男子バスケ部の一つ上のケイ先輩《せんぱい》にあこがれていた。

あこがれ、なんて言葉じゃ表現《ひょうげん》できないくらいその気持ちは大きくて、べつの言い方をするならそれは恋《こい》だった。

こんなに誰《だれ》かを好きになったのははじめてで、毎日が苦しくて切なかった。廊下《ろうか》でちょっとすれちがったり、かんたんなあいさつをかわせた日の晩《ばん》には、自室のベッドでもだえて呼吸困難《こきゅうこんなん》になった。

そんなケイ先輩《せんぱい》は今年三年生で、この夏に部活を引退《いんたい》する。同じ体育館で練習することも、そのカッコいいシュート姿《すがた》を見ることも、倉庫や洗《あら》い場《ば》で偶然《ぐうぜん》はちあわせて目があうようなことも、もうなくなってしまう。

理乃《りの》は募《つの》る切なさのあまり、毎夜のように枕《まくら》を濡《ぬ》らし、ようやく決意した。

告白しようと。

そうして迎《むか》えた夏休み。理乃《りの》はその日、午前中に男子バスケ部の試合に応《おう》援《えん》に行った。先輩《せんぱい》の勇姿《ゆうし》を目に焼きつけ、勇気をたくさんもらってから試合後に告白する。そんなプランで臨《のぞ》んだ――けど。

先輩《せんぱい》に話しかける前に、まわれ右をすることになってしまった。

試合が終わるやいなや、先輩《せんぱい》に駆《か》け寄《よ》った女子生徒が――女子バスケ部の三年生の先輩《せんぱい》の姿《すがた》があったから。

『あの二人、つきあってるらしいよ』

そんな誰《だれ》かの会話が耳にとどく。なるほどたしかに二人はお似合《にあ》いだった。同じ部の先輩《せんぱい》だったのに、どうして気づかなかったんだろう。どうして気づかないでいられたんだろう。あんなにケイ先輩《せんぱい》のことを見ているつもりだったのに。想《おも》っているはずだったのに。

理乃《りの》は試合会場をあとにし、近くの停留所《ていりゅうじょ》から出ているバスに乗り、終点の鉄道駅で下車した。そこでさらに千円札一枚《いちまい》で買える一番高い切符《きっぷ》を購入し、ホームにやって来た列車に行き先も確認《かくにん》しないで乗りこんで、潮風《しおかぜ》の匂《にお》いがする駅でおりた。そこは、海水浴場のそばにある駅だった。

さえぎるもののない炎天下《えんてんか》の駅前ロータリーで、浮《う》き輪《わ》を抱《かか》えた家族連れや、仲よさそうに手をつなぐカップルを理乃《りの》は何組も見送った。大通りの先にはかがやく海面も見えていて、通りにはキッチンカーや屋台も出ている。

みんな、全力で夏を満喫《まんきつ》していた。

一人ぼっちは、自分だけ。

悲しいはずなのに涙《なみだ》も出ず、ぼうっとしていたそんなとき。

ふいに目の前を横切った黒い人影《ひとかげ》、そして見えた横顔にケイ先輩《せんぱい》の面影《おもかげ》が重なって、とっさに手首をつかんだのだった。

あらためて見ると、これっぽっちもケイ先輩《せんぱい》と似《に》ていないその男子は、不思議なものでも見るような目で理乃《りの》を見ていた。真夏の暑さなんて感じさせないクールで涼《すず》しげな瞳《ひとみ》は、少し青みがかった独特《どくとく》な色をしている。じっと見ていると吸《す》いこまれそうな、この世じゃないどこかに引きこまれちゃいそうな……。

「あなたも、一人なの？」

気まずい空気をごまかすように聞いたものの、理乃《りの》はすぐに後悔《こうかい》した。きっと、彼女《かのじょ》か友だちと待ちあわせをしているんだろう。理乃《りの》みたいに失恋《しつれん》したんじゃなければ、こんなところに一人でいるわけない。

「まぁ。一人では、ある」

けど、その男子はクールな口調でそうこたえた。理乃《りの》の顔の表面は、なんだかよくわからない感情《かんじょう》でたちまちぶわっと熱くなる。

自分と同じ、一人なのだと言うのなら。

「それなら……あたしとデートして！」

意外にも、理乃《りの》のデートの誘《さそ》いは「かまわないけど」とあっさり受け入れられた。

さっそく理乃《りの》が自己紹介《じこしょうかい》すると、その男子は「ウタ」と名乗った。

「ウタって、どういう漢字なの？」

聞くと、ウタは「さぁ」と首をかたむけた。きちんと名乗るのはイヤだってことなのかもしれない。所詮《しょせん》は偶然《ぐうぜん》出会った赤の他人、たがいに深入りしないってことねと理乃《りの》は承知《しょうち》し、それ以上は聞かないことにした。

理乃《りの》の提案《ていあん》で、二人はひとまずお昼ごはんを食べることにした。もうすぐ午後二時、ランチというには少し遅《おそ》く、ほとんどおやつに近い。ウタがお金を持っていないというので、ここはデートに誘《さそ》った理乃《りの》がおごることにした。近くのキッチンカーでホットドッグを二人分買うと、理乃《りの》が二口目をのみこんだところでウタはペロリと完食した。

「お腹《なか》、空《す》いてたの？」

「そういうわけじゃないけど」

ウタはもらったペーパーナプキンで指先をぬぐう。その爪《つめ》は黒くぬられていた。

「たまに食べるとおいしいよね」

ふだん、どんな食事をとってるんだろう。

お腹《なか》がふくれたからか、ウタの表情《ひょうじょう》は少しやわらかくなった。そんな顔をもっと見たくて、理乃《りの》はウタの手を引っぱる。

「今度は、甘《あま》いものにしよう」

ウタとならんで大通りを歩いていく。こうしていると、自分もデートをしているふつうの女の子みたいに見えるかも。

「ウタは、このあたりに住んでるの？」

お金を持っていないということは、近所の子なのかと思った。けど、ウタはまた首をかたむける。やっぱり、個人情報《こじんじょうほう》は話したくないってことね。

「ウタは、学校では部活に入ってる？」

すると、今度は返事があった。

「学校には行ってない」

もしかして、不登校とかだったりするのかな。

「じゃあ、何か趣味《しゅみ》とか、好きなものはある？」

「趣味《しゅみ》……みたいなものは、ある」

理乃《りの》はすかさずウタの顔をのぞきこんだ。

「教えて！」

「そんな、おもしろいものじゃない」

「おもしろいかどうかはあたしが決める！」

ウタは深々とため息をつくと、教えてくれた。

「短歌」

「たんか……あ、もしかして、短歌？　俳句《はいく》より長いヤツだよね？　百人一首とかの」

「そう。五七五七七の歌のこと。ちなみに、俳句《はいく》は江戸《えど》時代に短歌から枝《えだ》わかれしたもので、季語が必要。短歌は奈良《なら》時代からあるもので、季語はいらない」

「へぇー、くわしいんだね。なんか、渋《しぶ》くてカッコいい」

理乃《りの》の言葉に、ウタは少し唇《くちびる》をとがらせるようにする。もしかしたら、照れているのかもしれない。

そんなふうに話していると、目当てのアイスクリームのワゴンを発見した。カラフルなアイスクリームやシャーベットがひんやりしたガラスケースにおさまっていて、気持ちがはずむ。理乃《りの》は「そうだ！」と思いついた。

「チョコレート　ストロベリー　レモン　バニラ　チョコミント　ラズベリー　メロン」

理乃《りの》がアイスクリームの味を読みあげると、ウタは目をパチパチとする。

「ボクも文字くらい読めるんだけど」

「ちがうよ。今の、短歌っぽくなかった？」

「は？　どこが？」

「五七五七七ってことは、三十一文字ならいいんでしょ？　あたしの短歌、どう？」

ウタは、やれやれ、みたいな顔になって肩《かた》をすくめる。

「最初の『チョコレート』は五音だからいいけど、あとはてんでダメ。五七五七七のリズムになってない」

「そのリズムになってないとダメなの？」

「リズムをあえてくずしたり、わざと句《く》を跨《また》いだり割《わ》ったりする技法《ぎほう》もあるけど、そういうのは効果的《こうかてき》に使わなきゃ意味ないから。あと、さっきのは三十一音になってない。三十音で字足らずだ」

「きびしいなぁ。ウタって、神経質《しんけいしつ》だって言われたりしない？」

「そういう理乃《りの》は、大ざっぱだって言われそうだね」

理乃《りの》、と思いがけず下の名前で呼《よ》ばれ、ドキンとしてしまう。ウタが本名を教えてくれなかったのと同じように、理乃《りの》もあえて苗字《みょうじ》を名乗らなかった。だから、名前で呼《よ》ばれるのもおかしなことじゃないのに。

……年の近い男子にこんなふうに名前で呼《よ》ばれたの、はじめてだったかも。こういうデート、ケイ先輩《せんぱい》としてみたかったな……。

四．遊ぶ

ふいに痛《いた》みだした胸《むね》に無理やりフタをし、理乃《りの》はレモンシャーベットを選んだ。ウタは見るからにウキウキと、甘《あま》そうなチョコレートアイスを選ぶ。

二人はコーンのアイスを手に、海岸のほうに移動《いどう》した。広い砂浜《すなはま》は、たくさんの人でにぎわっている。走りまわっていたり、砂遊《すなあそ》びをしたりしている子どもたち、のんびりおしゃべりしている大人たち。大きな海の家もあり、お酒を飲んでいる人たちもいる。

理乃《りの》とウタは、波打ちぎわにある消波《しょうは》ブロックの陰《かげ》にならんで腰《こし》かけた。日陰《ひかげ》の砂《すな》はひんやりしていて、手をつくと体温を吸《す》い取《と》られるよう。

「……なんだか、ひさしぶりかも」

「ひさしぶりって、海のこと？」

「そう。うちからは海まで遠いんだ。だから、小学生のころは夏に家族で出かけても、海じゃなくて大きなプールによく行ってたよ。中学生になってからは、夏休みは部活ばっかりで……」

となりのコートで練習するケイ先輩《せんぱい》を一分一秒でも長く見ていたくて、理《り》乃《の》はまじめに部活に参加していた。去年の夏休みは、週に三日の練習日をいつだって心待ちにしていた。

……ケイ先輩《せんぱい》には、いつから彼女《かのじょ》がいたんだろう。

もし先に告白していたら。

好きだって言えていたら。

自分に勝ち目はあったんだろうか。

なんにもわからない。あまりにわからなくて鼻の奥《おく》がツンとして、理乃《りの》はレモンシャーベットにかじりつく。

「……泣いてる?」

ふと近い距離《きょり》で顔をのぞきこまれ、ドキリとして体を引いた。ウタはやっぱり食べるのが速く、アイスはもうコーンだけになっている。

「な、泣いてないし」

ぷいと顔をそむけてこたえると、ウタはもう興味《きょうみ》をなくしたのか、「あ、そう」と定位置にもどった。自分には興味《きょうみ》を持たれていないようで、これは

四．遊ぶ

これでなんだかシャクにさわる。

「『何かあったの？』とか、『大丈夫《だいじょうぶ》？』とか、聞いてくれないの？」

われながら面倒《めんどう》くさいことを言っている自覚はありつつ、ウタにむきなおって理乃《りの》はレモンシャーベットをもうひと口食べた。

ウタはあいかわらず何を考えているのかよくわからない表情《ひょうじょう》のまま、「じゃあ」と口をひらく。

「何かあったの？」

「あたしが言ったまんまだし！　――好きな人がいたの。告白しようと思ってたんだけど……じつは、彼女《かのじょ》がいたことが判明《はんめい》して」

「それで、落ちこんでるってこと？」

なんとも冷静な顔でこんなふうにまとめられてしまうと、気まずいような恥《は》ずかしいような、微妙《びみょう》な心地《ここち》になってしまう。

「……そういうこと」

「それでやけっぱちになって、ボクをデートに誘《さそ》った」

「あー、もういいってば！　すみませんでした！」

理乃《りの》は顔をまっ赤《か》にしてレモンシャーベットを一気に半分食べ、頭をキーンとさせて顔をしかめる。そんな理乃《りの》に、ウタがポツリと口にした。

【相思はぬ人を思ふは大寺の餓鬼《がき》の後《しりへ》に額《ぬか》つくごとし】」

「え、何？　あ、もしかして短歌？」

「『万葉集』の、笠女郎《かさのいらつめ》っていう人の歌だよ」

「どういう意味なの？」

するとウタはちょっと得意げな顔になって解説《かいせつ》しはじめた。基本的《きほんてき》に口数は少ないようなのに、短歌のことになると楽しそうにしゃべる。

「いくら恋《こい》しても相手は想《おも》ってくれなくて、やけっぱちになる歌。ただでさえ拝《おが》んでもムダな像《ぞう》を後ろから拝《おが》むくらい、ムダな片想《かたおも》いだって意味」

頭の中でウタの説明をかみくだいて想像《そうぞう》し、それから、理乃《りの》は声をあげた。

「ひどい！　あたしの恋《こい》がムダだって言いたいわけ!?」

理乃《りの》が思わず手にしていたアイスのコーンをつぶすと、ウタは小さく笑った。もしかしたら、ウタなりのはげましだったのかもしれない。
理乃《りの》はバリバリになってしまったアイスのコーンを平らげた。

アイスを食べたあと、二人は海岸をぶらぶら歩いたり、近くの無料の展望《てんぼう》台《だい》にのぼったりした。真夏に黒ずくめのウタの姿《すがた》は周囲から浮《う》いているはずなのに、不思議とあまり視線《しせん》を感じない。明るく澄《す》んだ色をした真夏の空に、どこまでもつづいていくような大海原《おおうなばら》。となりにウタがいたおかげで、理乃《りの》はそれをすなおにきれいだと思えた。きっと一人だったら、そんなふうに思えなかっただろう。

理乃《りの》がどんなに悲しくて絶望《ぜつぼう》していても、世界は広くて、残酷《ざんこく》なまでに美しい。

気がつけば午後五時半をまわり、海水浴客の姿《すがた》もまばらになってきた。みんな帰り支度《じたく》をして去っていく。

ぶらぶらと歩いていた二人は、アイスを食べた消波《しょうは》ブロックのそばまでもどってきた。理乃《りの》が足をとめると、数歩先を行ったウタがふりかえる。

「どうかした？」

「今日は、つきあってくれてありがとう」

ざんっと波が大きく音を立て、潮風《しおかぜ》が二人のあいだを吹《ふ》き抜《ぬ》ける。

ウタはやや伸《の》び気味《ぎみ》の長い髪《かみ》を風に遊ばせたまま、理乃《りの》を見つめている。

何か言いたげなその視線《しせん》にたえられず、理乃《りの》はことさら明るい口調で言葉をつづけた。

「ウタのおかげで、なんか、スッキリしたよ。今日一日いっしょにいられて、本当によかった。だから……」

こらえようと思うのに、視界《しかい》がゆがんでしまう。不細工になってるんだろうなと思いながらも、理乃《りの》は精《せい》いっぱいの笑顔《えがお》を作る。

「もう、いいかなって」

ゆがんだ視界《しかい》が、ポロリポロリと流れて落ち、足もとの砂《すな》に吸《す》いこまれていく。

「あたし、もう無理だから。ムダでも、意味なくても、それでもあたし、あたし……」

ケイ先輩《せんぱい》のことが、好きで好きでしょうがなかった。

ウタがいてくれたからこそ、痛感《つうかん》した。

こんなデートをしたかった。

ケイ先輩《せんぱい》としたかった。

こんなに好きなのに、想《おも》いを伝えることすらできなかった。

そのことが、こんなにも痛《いた》い。

痛《いた》くて辛《つら》くて、死んじゃいたい。

「ウタは……死神、なんでしょう？」

夏に似合《にあ》わない黒ずくめ。理乃《りの》以外の人は気にもとめない、不思議な少年。

最初から、なんとなくそうじゃないかと感じていた。

そんな非現実的《ひげんじつてき》なことあるわけないって思うのに、でもそれと同じくらい、確信《かくしん》があった。

この人はきっと、死神なんだって。
「あたし、もう辛《つら》くて、苦しくて……だから、だから……」
とうとう理乃《りの》はその場にしゃがみこみ、嗚咽《おえつ》を漏《も》らした。
ウタが、ゆっくりと理乃《りの》に近づいてくる。
このまま殺してくれるのかな。
痛《いた》くないといいな。
そんなふうに、思ったそのとき。
――ポン。
頭のてっぺんに手をおかれた。
不思議に思って顔をあげると、その手が、親指が、理乃《りの》の目もとをぬぐう。
ふれられたウタの手は、思いがけず大きくて、そしてやっぱり冷たかった。
「絶望《ぜつぼう》しているところ、悪いんだけど」
ウタは理乃《りの》と視線《しせん》をあわせるようにしゃがみ、静かに言葉をかける。
「理乃《りの》は、リストに入ってない。死ぬことばっかり考えてたから、ボクが見えただけだと思う」

「リ……リスト？」

ずびっと洟《はな》をすすった理乃《りの》に、ウタは「そう、リスト」とこたえた。

「ボクは、リストにしたがって仕事する。きみは、ボクの仕事の対象外だ」

「でも……じゃあ、なんで？」

理乃《りの》はウタの手を取る。

「なんで、あたしとデートしてくれたの？」

「……それは」

ウタは少しもごもごして、やがてこたえた。

「仕事まで時間があったのと……何か食べさせてもらえそうだったから」

「そんな理由!?」

ウタが先に立ちあがり、にぎったままの理乃《りの》の手を引いてくれる。

理乃《りの》がゆっくりと立ちあがった、そのときだった。

ドンッ！　と足もとがゆれるような、大きな音がした。

理乃《りの》とウタはそろって音のほうをふりかえる。大きな海の家の屋根に、ひっくりかえった車が刺さっていた。

海の家の後方、大通りのガードレールが大きくひしゃげている。周囲《しゅうい》で悲鳴があがった。子どもの泣き声や「救急車《きゅうきゅうしゃ》！」という声がし、あたりはたちまち騒然《そうぜん》となる。逃《に》げる人、助けにむかう人。煙《けむり》の臭《にお》い……。

理乃《りの》が呆然《ぼうぜん》としていると、おもむろにウタが理乃《りの》の手をはなした。そしてマントを羽織《はお》りなおすと、どこからともなく大きな鎌《かま》があらわれる。ウタの身長よりも長い柄《え》に、大きな三日月型《みかづきがた》の刃《は》。

……やっぱり、この人は。

死神なんだ。

理乃《りの》の視界《しかい》に、赤い何かが映《うつ》った。海の家から、血だらけになった誰《だれ》かが救出《きゅうしゅつ》されたようだ。そのあまりに鮮烈《せんれつ》な赤を目にして、理乃《りの》はショックのあまりかたまってしまう。

「――ボクは、仕事に行くよ」

鎌《かま》をバトンのようにくるりとまわし、ウタが一歩さがる。

その鎌《かま》で殺してほしい——なんて、理乃《りの》にはもう思えなくなっていた。

痛《いた》いのは怖《こわ》い。

死ぬのは怖《こわ》い。

理乃《りの》は、まだ生きていたかった。

「じゃあね」

駆《か》けだそうとしたウタの手首を、理乃《りの》はとっさに「待って！」とつかむ。

「あたし……あたし、その」

気持ちはぐちゃぐちゃにとぐろを巻《ま》いていて、うまく言葉にならない。

けど、なんとか深呼吸《しんこきゅう》。

冷たい手首をつかむ手に力をこめた。

「また、会える？」

ウタはほほえんだ。

「何十年後かにね」

気づいたら、理乃《りの》はウタの手首をはなしていた。

ウタの姿《すがた》はもう見えない。

近づいてくるサイレンの音を聞きながら、理乃《りの》は涙《なみだ》でカピカピになった顔を両手でぬぐった。

家に帰ろう。

おいしいごはんを食べて、お風呂《ふろ》に入って、ちゃんと寝《ね》て。

何十年かたってウタに再会《さいかい》したら、「あのときの恋《こい》は、本当にムダで意味がなかったみたい」って笑えるように。

生きよう。

＊＊＊

未練の糸をぷつんぷつんと鎌《かま》で切りながら、ウタはぼんやりと理乃《りの》のことを考えてしまう。

何十年後のことなんて、今のウタにはわからない。

あの子が大人になって天寿《てんじゅ》をまっとうするころには、きっとウタのことなど忘《わす》れてる。

それにきっとウタも、あの子のことは憶《おぼ》えていられない。

ウタの仕事に追われる毎日は、人の時間とはあまりに流れがちがいすぎる。

リストを確認《かくにん》していると、クロノスが話しかけてきた。

『楽しいデートだったネ！』

「……もう忘《わす》れた」

スリープさせていたのに、どうしてクロノスはウタの行動を把握《はあく》しているんだろう。

ふいによみがえったアイスクリームの味をふりはらうように、ウタはクロノスを何度もタップして嫌《いや》がらせをし、今日の仕事を終えた。

【チョコレート　ストロベリー　レモン　バニラ　忘《わす》れた未来ではじめまして】

短歌と俳句《はいく》のちがいって？

短歌とは、奈良時代に誕生《たんじょう》した5・7・5・7・7の31音で構成される和歌のことである。一方で俳句《はいく》とは、5・7・5の17音で構成される詩のことで、短歌と異《こと》なり「季語※」という季節を表す言葉を必ず入れるというルールがある。

※季語…1年を春・夏・秋・冬・新年という大きく5つに分けた季節感を表現する言葉。

	短歌	俳句《はいく》
歴史	奈良《なら》時代に誕生《たんじょう》	江戸《えど》時代に誕生《たんじょう》
音の数	5・7・5・7・7の31音	5・7・5の17音
季語	不要	必要
数え方	首（1首、2首）	句（1句、2句）

もっと知りたい！　用語解説《かいせつ》

句跨り《くまたがり》…5音または7音に収《おさ》まりきらない言葉を、句を跨《また》いで収めること。

句割れ《くわれ》…1つの句の中で一度言葉が切れること。

いずれも5・7・5・7・7のリズムで詠《よ》むことができないため、独特のリズムを生み出す効果がある。『万葉集』『小倉百人一首』にはあまり見られず、現代短歌で多く登場するようになった。

『万葉集』って？

奈良《なら》時代に編纂《へんさん》された、現存《げんそん》する日本最古となる歌集。"万の歌を集めた集"、"万世（永遠）に伝わるべき集"という意味のタイトルであり、天皇《てんのう》から無名の農民や兵士まで、幅広《はばひろ》い層の歌が約4,500首収《おさ》められている。

特徴《とくちょう》：おおらかなリズムで、人間らしい情緒《じょうちょ》がのびやかに詠《よ》まれている。

五

失う

「おれは死んだのか？」

男の質問《しつもん》に、少年みたいな見た目の死神は、迷《まよ》うことなく「はい」とこたえた。

「ボクは、あなたがあの世に行くためのお手伝いに来ました。そういうわけで、本題です。未練なんて、ありませんよね？」

黒いタブレット端末《たんまつ》を抱《かか》えた死神は、男の顔色をうかがうように聞いてくる。

けど、男にはこたえようがない。

なぜなら、男はたった今自分が死んだと認識《にんしき》したばかり。おまけに、生前の記憶《きおく》がまったくといっていいほどなかったのだ。

こんな状態《じょうたい》で、未練があるかと聞かれてもこまる。

「死んだときのショックなのかな……。おれには今、自分にかんする記憶《きおく》がまったくないんだ」

「へー、そうなんですか」

死神の返事は、いやに棒読《ぼうよ》みだ。

まぁいい。とにかく、そういうことなのだ。

「未練があるかどうかもわからないのに、あの世になんか行けない」

「え、そんなのこまるよ」

死神の表情《ひょうじょう》がようやく動いた。男がちゃんと成仏《じょうぶつ》しないと、死神には不都合があるらしい。

それなら、利用できるものは利用するまでだ。

「おまえ、おれを手伝え」

えぇぇ、と不満げな声をあげたものの、死神はすぐに観念したような顔になり、「わかりました」とこたえた。

「で、ボクは何をしたらいいんです？」

「死神なんだろう。おれの名前とか年齢《ねんれい》とか、個人情報《こじんじょうほう》を把握《はあく》してないのか？」

「うーん……」

死神は、手にしていたタブレット端末《たんまつ》をチラと見た。

「名前はちょっと……あ、でも、年齢《ねんれい》くらいなら」

「使えないヤツだな。で？　おれは何歳《なんさい》なんだ？」

「二十九歳《さい》と三か月です。今が十月なので、七月が誕生日《たんじょうび》なんですね」

人生まだまだこれから、三十歳《さい》にもならないうちに男は死んだということらしい。

過去《かこ》の記憶《きおく》がないとはいえ、男はむなしい気持ちになった。

なんと短命で、はかないことだろう。

男はあらためて決意する。

自分はどんな一生を送り、そしてどうして死んだのか、なんとしてでも知らなければと。

かくして、男は死神とともに、失われた記憶《きおく》を探《さが》しに出かけた。

とはいえ、ヒントはほぼゼロ。まずは、状況《じょうきょう》の整理が必要だ。

「そもそもおれは、どうしてここにいる？」

二人がいるのは、どこにでもありそうな住宅街《じゅうたくがい》の一角にある小さな公園だった。ロケットみたいな外観のすべり台と砂場《すなば》がある。

うっすら白い雲のひろがる青空。公園の時計を見ると、正午過《す》ぎ。平日の昼間なのか、散歩しているご老人の姿《すがた》がちらほらある。

「おれは、ここで死んだのか？」

「そういうわけじゃ、ないと思います。ここで死んだのなら、死体がないとおかしいし。魂《たましい》は死んだ場所から自由に動けるから、きっとうろうろしているうちにここに来たんですね」

「死体がないとって……おれが死んでから、そんなに時間はたってないってことか？」

「まぁ、うん、そういうことです」

死神のこたえは歯切れが悪い。と、そこで男は思いついた。

「この近くの病院に行ってみるのはどうだ？」

公園の入口にある住宅《じゅうたく》地図を見ると、近くに大きな病院があることがわかった。男は死神をつれ、さっそくその病院に行ってみることにした。

「病院に行ってどうするんですか？」

「頭の悪いヤツだな。病死って可能性《かのうせい》もあるだろう。まだ死んで間もないなら、病院に遺体《いたい》がある可能性《かのうせい》が高い。見てまわるぞ」

「面倒《めんどう》……」

「ごちゃごちゃ言わずについてこい」

二人は病院の正面玄関《げんかん》から中に入った。男は人でいっぱいの待合スペースをつっきり、入院病棟《びょうとう》の入口手前で、ふと足をとめた。

そういえばおれは、一体どんな顔をしているんだ？

近くにはガラス扉《とびら》があったが、魂《たましい》になったせいか男の姿《すがた》は映《うつ》っていない。生きているときと同じようにしゃべったり歩いたりしていたので、生前と同じような体があるように錯覚《さっかく》していたが、もちろんそんなわけはないのだ。顔がわからないんじゃ、探《さが》しようがないじゃないか……。

「おい、死神」

死神は、さも面倒《めんどう》そうな目を男にむけた。こっちは客のようなものなのに、その態度《たいど》はなんなんだ、と怒鳴《どな》りつけてやりたい気持ちはぐっとこらえる。目下、頼《たよ》れるのは、このいかにも頼《たよ》りなさそうな小さな死神だけなのだ。

「おれは、どんな外見をしてるんだ？　おまえには、おれの姿《すがた》が見えてるんだろう」

「外見って……二十代の男の人、というか」

「そんなのわかってる」

役に立たない死神め、と男は口の中で悪態《あくたい》をつき、額《ひたい》に手をあてた。考えろ、考えろ、考えろ……。

男は、死神が持っているタブレット端末《たんまつ》をのぞき見た。画面のすみにはAIアシスタントらしい、体を丸めて眠《ねむ》っている黒猫《くろねこ》が表示《ひょうじ》されている。

「それは、おまえの仕事道具なんだよな？」

男の言葉に、死神は少しビクリとしてうなずいた。

「おまえは、おれと同じで、生きている人間には見えないんだよな？」

「基本的《きほんてき》には……」

「ということは、そのタブレット、おれにも使えるのか？」

死神は両腕《りょううで》でタブレット端末《たんまつ》をギュッとして一歩引く。

「か、貸《か》さないよ。これ、ボクの大事なものなんだから」

「それ、カメラがついてるよな？　ってことは、写真とか動画を撮《と》れるんじゃないか？」

死神は目を丸くし、「目ざとい」とつぶやく。

「それでおれの写真を撮《と》って見せろ」

かくして、男は死神に写真を撮《と》らせ、自分の顔を見ることに成功した。

「なんだ、イケメンじゃないか」

さっぱりした黒髪《くろかみ》に、すじの通った高い鼻梁《びりょう》、意思の強そうな大きな目。自分の顔ながら、整っていて悪くない。

男は何度もタブレット端末《たんまつ》の写真を見て、自分の顔を脳裏《のうり》に焼きつけた。

そうして、男は入院病棟《びょうとう》に入り、病室を一つずつのぞいていった。闘病中《とうびょう》の他人の生活をのぞき見るのは不謹慎《ふきんしん》だと思う気持ちもちろんあったが、それ以上に透明《とうめい》人間になったような愉快《ゆかい》な気持ちがわき起こってしまう。

すると、途中《とちゅう》で死神にとめられた。

「ここは小児病棟《しょうにびょうとう》だよ。見る必要ないって」

だが、男はムシして見てまわった。自分とは無関係な他人のプライベートをのぞき見るのが、単純《たんじゅん》に楽しくなっていたのだ。

すっかり不機嫌《ふきげん》になった死神をつれ、男は病院を一周した。けど、イケメンの男の遺体《いたい》はここにはないらしい。

「ふり出しかよ。おい、どうにかしろ」

死神は、はぁ、とこれ見よがしにため息をつく。

「わからないものはわからない、じゃダメなんですか？　ボク、もうつかれたんだけど。もうおしまいにしましょうよ」

おまけに口調までぞんざいになっていて、男はますますイラついた。

「ふざけんな！　こんな状態《じょうたい》でおしまいにしたら、それこそ未練残りまくりだろうが」

「まぁ、少しくらい未練があっても、どうにかするので」

「それが客に対する態度《たいど》か？」

「ボクは死神で、あなたは魂《たましい》。客じゃない」

「ごちゃごちゃうるさい！」

男はイライラして地面を蹴《け》った。たしかに地面を蹴《け》ったはずなのに、つま先がかたい地面にぶつかる感触《かんしょく》はなく、自分には肉体がないという現実《げんじつ》を思い知らされる。

くそ、くそ、くそ！

あとはどうしたら……。

そのときだった。救急車《きゅうきゅうしゃ》のサイレンが、ふいに近づいてきて。

「あ、」

死神が変な声を漏《も》らし、やって来る救急車《きゅうきゅうしゃ》のほうを見た。救急車《きゅうきゅうしゃ》が門を抜《ぬ》け、急患用《きゅうかんよう》の入口の前で停《と》まると、ストレッチャーがおろされてばたばたと人が集まってくる。

「心肺停止《しんぱいていし》」「蘇生《そせい》」「警察《けいさつ》は」「女性《じょせい》に恨《うら》まれて」「包丁」といった会話が断《だん》片的《ぺんてき》に聞こえてきて、男は好奇心《こうきしん》に駆《か》られてそちらに近寄《ちかよ》った。

盗《ぬす》み聞いた医師《いし》や看護《かんご》師の話をつなぎあわせると、どうやら女に刺《さ》された間抜《まぬ》けな男が運ばれてきたということらしい。

バカなヤツだなぁ。自分だったら、そんなヘマはしないのに。

思わずうっすら笑ってしまい、さすがに瀕死《ひんし》のケガ人相手に不謹慎《ふきんしん》かと男は表情《ひょうじょう》を取りつくろった。心肺停止《しんぱいていし》なら、ケガ人じゃなくてもう死人なのかもしれないけど。

ストレッチャーは処置室《しょちしつ》に運ばれ、その間もずっと心臓《しんぞう》マッサージがつづけられている。男は入れかわり立ちかわり部屋を出入りする医師《いし》や看護師《かんごし》を避《よ》けながら中に入り、酸素《さんそ》マスクをつけられた、かわいそうな誰《だれ》かをのぞきこんだ。

その人物の服は、もとは水色っぽいシャツのようだが、ぐっしょりと血の赤で染《そ》まっていた。胸《むな》もとを刺《さ》されたのだろうか。酸素《さんそ》マスクのせいで口もとはよく見えない。さっぱりと短い黒髪《くろかみ》。白い肌《はだ》には生々しい血の赤があちこちについていて――。

あれ？

なんだか既視感《きしかん》があった。

目を閉《と》じているし肌《はだ》も青白いので印象はちがう。けど、閉《と》じられた目蓋《まぶた》のふちに生えそろった長いまつげ、スッと通った鼻すじ、シュッとした顔のライン。いかにもイケメンって感じで……。

これ、おれ？

　そのとき、ふいにぐっと後ろのほうから引っぱられるような感覚があり、男はふりかえった。

　あの死神が、小柄《こがら》な体にはなんとも不釣《ふつ》りあいな大きな鎌《かま》を持っている。

　そして何かを――男の体から伸《の》びている、透明《とうめい》な糸のようなものを鎌《かま》の刃《は》に引っかけ、体重をかけて切ろうとしていた。

「おまえ……ちょっと待て、何して、やめ――」

「知らないままでいればよかったのに」

　死神がぐっと鎌《かま》を引き、体重をかけた。透明《とうめい》な糸がピンと引っぱられ、そして。

　――ぶっつんっ。

　男の視界《しかい》は、強制終了《きょうせいしゅうりょう》するようにブラックアウトした。

＊＊＊

……あー、手が痛《いた》い。

慌《あわ》ただしい救急病棟《きゅうきゅうびょうとう》から外に出て、ウタは木陰《こかげ》のベンチに腰《こし》かけた。思いっきり伸《の》びをしてから、《黒タブ》のリストを確認《かくにん》する。

ウタは男の年齢《ねんれい》だけでなく、名前も、過去《かこ》の出来事も、そして死因《しいん》も、本当はすべて把握《はあく》していた。

それを伝えなかったのは、男の記憶《きおく》を操作《そうさ》して消したのがウタ本人だからだ。

男は結婚詐欺師《けっこんさぎし》で、多くの女性《じょせい》から多額《たがく》の金を騙《だま》し取《と》っていた。そして、最期《さいご》は騙《だま》した女性《じょせい》の一人に包丁で刺《さ》されている。

ウタは「召喚《サモン》、クロノス」と《黒タブ》に声をかけた。

「マニュアルなんて、あてにならないじゃないか」

ウタの文句《もんく》に、クロノスはふんふん鼻を鳴らす。

『ウタは、「臨機応変《りんきおうへん》」って言葉を学んだほうがいいネ！』

腹《はら》が立ったので、クロノスをたたくようにタップしてスリープさせる。

クロノスがすすめてきた〝上〟からのマニュアルによれば、厄介《やっかい》な事情《じじょう》を抱《かか》えた魂《たましい》を相手にするときは、先に記憶《きおく》を消したほうが未練の糸を切りやすいとのことだった。

なのに、無理やりつれまわされるし、結局は強引《ごういん》に糸を切るハメになった。すごくイヤな気分にもなったし、なんかもう本当に散々だ。

ウタはまだ違和感《いわかん》の残る両の手の平をさする。さっぱりするようなものでもほしい。たとえばそう、まっ赤《か》な血みたいな、甘《あま》さひかえめのトマトジュースとか。

【目を閉《と》じて耳をふさいでいられない自業自得《じごうじとく》はいろんな意味で】

六

戦う

二学期になってすぐ、九月の頭のことだった。

競技《きょうぎ》かるた部の部長、高校二年生の実奈《みな》は、目の前にいる少年に話しかけた。

「あなた、死神だよね?」

物心ついたころから、実奈《みな》はいろいろなものが見えるタチだった。

それが実奈《みな》にとってはふつうだったのだけど、『何かいる』と実奈《みな》がうったえると、親は、親戚《しんせき》は、先生は、友だちは、みな一様におかしなものでも見るような目を、その「何か」ではなく実奈《みな》にむけた。

実奈《みな》に見えるあれこれは、ほかの人には見えないものらしい。やがて実奈《みな》は、そのことを他人には言わなくなった。

幸いにも、その「何か」は実奈《みな》に直接的《ちょくせつてき》な危害《きがい》をくわえてくることはなかった。ぼんやりした影《かげ》みたいなものばかりで、変な色をしていたり、たまに不気味な形をしていたりはしたけど、ちょっと目障《めざわ》りなだけでムシできるものでもあったから。

妖怪《ようかい》とか幽霊《ゆうれい》とか、そういう何かなんだろうなと実奈《みな》は理解《りかい》し、気にしないように努めていた。

だというのに。

残暑と呼《よ》ぶにはまだ夏本番の気温すぎる、夏休みも残りわずかな八月の下《げ》旬《じゅん》。競技《きょうぎ》かるた部の練習帰りのことだった。

実奈《みな》は、死神を見た。


その少年は、黒いマントにパンツとショートブーツという格好《かっこう》をしていた。さらりとした黒髪《くろかみ》に白い肌《はだ》。ひょろりと手足の長い体躯《たいく》で、中学一年生くらいの見た目。その腕《うで》には、黒いタブレットのようなものを抱《かか》えている。見るからに真夏の住宅街《じゅうたくがい》では浮《う》いていた。けど、すれちがう人は誰《だれ》も彼《かれ》のことを気にとめておらず、チラリとも視線《しせん》を送らない。

そんな様子に、実奈《みな》はすぐに察した。

あの少年は、この世のものじゃない「何か」なのだと。

そしてその「何か」がなんなのか、なぜかすぐにこたえが脳裏《のうり》に浮《う》かんだ。

あの少年は、死神だ。


それ以来、実奈《みな》は死神の少年を何度も何度も目撃《もくげき》することになった。

あるときは高校からの帰り道に、またあるときは近所のコンビニの前で。

死神の少年は、いつも変な——まるで小さな鎌《かま》みたいな形をしたタッチペンを使い、タブレット端末《たんまつ》を操作《そうさ》していた。死神の世界にも、スマホとかタブレット端末《たんまつ》みたいな機器があることにはびっくりだけど、実奈《みな》はいつもの習慣《しゅうかん》で深くは考えないことにした。この世のものではないものについて、人間があれこれ考えてもしょうがない。

死神の少年は「なんでボクがこんな仕事……」とか、ぶつぶつと不満を口にしていることもあった。死神にもいろいろあるんだろう。

そうして、死神を目撃《もくげき》するようになって一週間がたち、九月になって二学期になったその日の朝。

死神は、とうとう実奈《みな》の高校の敷地内《しきちない》にあらわれた。

さすがに実奈《みな》もドキリとした。

もしかして、学校の誰《だれ》かが亡《な》くなったりするんだろうか……。

死神を目撃《もくげき》するようになってから、実奈《みな》は漠然《ばくぜん》とした不安を抱《かか》えていた。

死神というのはその名のとおり、誰《だれ》かの死にかかわるような存在《そんざい》のはず。実《み》奈《な》の身近な誰《だれ》かや、もしくは実奈《みな》自身に、何か悪いことが起こったりするんじゃないだろうか。

始業式が終わり、校舎《こうしゃ》からはなれた場所にある部室棟《ぶしっとう》に移動《いどう》しようとしていたところ、実奈《みな》はまたしても死神を目撃《もくげき》した。死神は中庭の花壇《かだん》のふちに腰《こし》かけ、下校していく生徒たちを観察しているかのようだ。

もしかして、獲物《えもの》を見定めている、とか？

実奈《みな》の不安は限界《げんかい》に達した。死神の姿《すがた》が、ほかの誰《だれ》にも見えないのなら。

実奈《みな》がどうにかするしかない。

大きく深呼吸《しんこきゅう》し、実奈《みな》は気合いを入れて大股《おおまた》で死神に近づき、そして聞いた。

「あなた、死神だよね？」

突然《とつぜん》話しかけられた死神は、きょとんとしたように実奈《みな》を見あげた。死神の瞳《ひとみ》は青みがかった不思議な色をしていて、やっぱりこの世のものじゃないんだという確信《かくしん》が強まった。

死神が静かに腰《こし》をあげ、実奈《みな》は一歩さがった。けど、死神は実奈《みな》に一歩近づき、そして実奈《みな》の顔――ではなく、抱《かか》えているものをまじまじと見つめる。

「それ、百人一首？」

競技《きょうぎ》かるた部の部室に行こうとしていた実奈《みな》は、百人一首の箱を抱《かか》えていたのだ。

どうして、死神が百人一首を知ってるの？

なんとこたえるべきか迷《まよ》っていると、死神は少年らしい見た目にぴったりな、好奇心《こうきしん》をかくしきれていないキラキラした目でたたみかけてくる。

「百人一首、見てみたい」


ほかの部員も集まるであろう部室に死神をつれていくのは、さすがにためらわれた。

そこで、実奈《みな》は放課後になるとあまり人気《ひとけ》のない旧校舎《きゅうこうしゃ》に死神を案内した。生徒たちがこっそり使うのにちょうどいい、カギが壊《こわ》れている空き教室があるのだ。

「少しほこりっぽいかもしれないけど……」

なんて、死神相手に気をつかう必要なんてなかったかな。

死神はきょろきょろしながら実奈《みな》につづいて、空き教室に踏《ふ》み入《い》った。実《み》て見せる。

奈《な》は適当《てきとう》な机《つくえ》に自分のスクールバッグをおき、百人一首の箱のフタをひらい

「中は、こんなふうになってるんだけど」

死神は、興味《きょうみ》しんしんといった様子で身を乗り出した。

「これ、箱から出してもいい？」

そこで、実奈《みな》は教室のすみに立てかけてあった古い畳《たたみ》を二枚《にまい》ひっぱり出した。いろんな生徒たちが居心地《いごこち》がよくなるように工夫《くふう》しているようで、空き教室には畳《たたみ》のほかにも昼寝《ひるね》によさそうなマットや座布団《ざぶとん》などもそろっている。

実奈《みな》はリクエストにこたえ、畳《たたみ》の上に札をひろげた。百人一首の札は、短歌の上《かみ》の句《く》とイラストが描《か》かれた読み札と、下《しも》の句《く》の文字だけが書かれた取り札がある。死神はそっと一枚《いちまい》の読み札を手に取った。

【しのぶれど色にいでにけりわが恋《こひ》は】

その札をまじまじと見てから、死神は取り札の山をかきわけ、そして見つ

けた。

【ものやおもふとひとのとふまで】

「すごい、あってる」

実奈《みな》が思わず感心すると、死神はたちまち得意げな顔になり、「これ、平《たいらの》兼盛《かねもり》って人の歌だよね」なんて解説《かいせつ》までする。

「もしかして……死神って、全知全能《ぜんちぜんのう》の神だったりするの？　人間界のことはなんでも知ってる、みたいな」

だとしたら、実奈《みな》のようなふつうの女子高生の手には負えない気がした。

いや、そもそも死神に太刀打《たちう》ちできると、はなから思っていたわけではないのだけど……。

すると、死神は思っていたのとはまったくちがう返事をする。

「そんな、何もかも知ってるわけないじゃん。ただの死神なのに」

「そうなんだ」

「短歌に、ちょっと興味《きょうみ》があるってだけ」

「短歌に？」

どういうことなのかさっぱりわからないでいると、死神は散らかした札をせっせと整えながら聞いてくる。

「きみは、なんで百人一首を持っていたの？」

「それは、わたしが競技《きょうぎ》かるた部の部員だから」

「競技《きょうぎ》かるたって、百人一首の競技《きょうぎ》だよね？」

死神の目が、またしてもキランとかがやいた。

「ボク、前から競技《きょうぎ》かるたに興味《きょうみ》があったんだ。ルール、教えてくれない？」


そうして、実奈《みな》は死神とかるたをやることになってしまった。

「死神さん、名前は？」

実奈《みな》の質問《しつもん》に、死神はこたえた。

「ウタ」

意外とふつうの名前でなんだかホッとする。

「じゃあウタ、かんたんに、ルールを説明するね」

競技《きょうぎ》かるたの対戦は一対一。

まずは取り札百枚《まい》の中から無作為《むさくい》に二十五枚《まい》ずつ選んで、自分の前にならべる。

「二十五枚《まい》だね」

ウタは、裏《うら》がえした札の山から一枚《いちまい》ずつ取っていく。実奈《みな》もそれにならい、札を取って自陣《じじん》にならべていった。ウタは手を動かしながら、話しはじめる。

「小倉百人一首は、鎌倉《かまくら》時代に編纂《へんさん》されたものだよね。最古の歌集である『万葉集』はそれよりも前、今から千三百年以上前の奈良《なら》時代に編纂《へんさん》されたもの」

「よく知ってるね」

「本はいろいろ読んだんだ。でも、誰《だれ》かとかるたをやる機会はなくて……」

死神って、本を読むんだな。

それぞれ自陣《じじん》の札をならべ終わると、実奈《みな》はスマホを出して使《つか》い慣《な》れたアプリを起動した。練習用のアプリだ。

「このアプリが、読み手の代わりに上《かみ》の句《く》を読んでくれるんだ。つづく下《しも》の句《く》の札を早く取るのが、基本的《きほんてき》なルール。自陣《じじん》の札が先になくなったほうが勝ち」

「相手の陣《じん》にある札も取っていいの？」

「もちろん。その場合は、自陣《じじん》の好きな札を相手に送れるんだよ」

こうして、さっそく実奈《みな》はアプリを起動した。

【花の色はうつりにけりないたづらに】

「わ、この歌知ってる！　小野小町《おののこまち》の歌だ！」

ウタははしゃいだような声をあげ、それからハッとしてならべた取り札に目をやった。

「下《しも》の句《く》、【わが身世にふるながめせしまに】の札がない」

「百人一首の札は百枚《まい》あるから、ならべた取り札には該当《がいとう》するものがないこともあるんだよ。こういうのは、空札《からふだ》っていうんだ。お手つきしたりしないように注意するの」

「なるほど……戦略《せんりゃく》が必要なんだ」

こんな感じで、二人は試合を進めていった。

ウタは、知っている歌が読まれるたびにうれしそうな声をあげる。だんだんと、この少年はただの中学生のような気がしてきて、実奈《みな》はすっかり調子が狂《くる》ってしまった。思いかえしてみれば、死神なのかという問いのこたえももらっていない。でも……。

【ちはやふる神代《かみよ》もきかず龍田川《たつたがは》】

「はい！」

パンッと音を立て、ウタが下《しも》の句《く》【からくれなゐにみずくくるとは】の札を取る。ウタはルールを知らないくせに、百人一首を完ぺきに暗記できている。

「『ちはやふる』って、枕詞《まくらことば》の一つなんだよね。枕詞《まくらことば》って、本とか読んでもいまいち使い方がわからなくてさ」

「使い方……ウタは、自分でも歌を詠《よ》むの？」

「まぁ、ちょっとだけ」

ウタはもじもじするようにこたえる。マジか。

死神の短歌って、どんなふうなんだろう。やっぱり、人の死を詠《よ》むんだろうか。

聞いてみたいようなそうでないような気がし、結局、実奈《みな》は話をそらした。

「その歌がモチーフになってる、競技《きょうぎ》かるたのマンガもあるんだよ。本が読めるなら、そういうのも読んでみたら？」

そして、アプリがつぎの歌を読みはじめた。

ウタの飲みこみは早く、取り札が半分なくなるころには実奈《みな》のフォローは不要になっていた。

ダンッ！

ウタは実奈《みな》の姿勢《しせい》を真似《まね》て札を取る。慣《な》れてきたのか、競技《きょうぎ》かるた部部長の実奈《みな》にも負けない勢《いきお》いで札に手を伸《の》ばす。

この死神、本当に初心者……？

そうして気がつけば、札は残り二枚《まい》になっていた。

実奈《みな》の陣《じん》とウタの陣《じん》、それぞれに一枚《いちまい》ずつ。

運命戦だ。

どちらが勝つかは、神のみぞ知る――。

実奈《みな》は自分の札から目をあげ、ウタをまっすぐに見すえた。

「ウタ。一つ、賭《か》けをしない？」

「賭《か》け？」

「そう。もしわたしが勝ったら。どうしてここにあらわれたのか、教えてほしい」

「どういう意味？」

「ウタは……死神、なんだよね？　誰《だれ》かを死なせるために、ここに来たんじゃないの?」

ウタは何を考えているのかよくわからない目で実奈《みな》を見つめた。

こんな質問《しつもん》、やっぱりこたえられないかな。

けど、「いいよ」と軽い口調でかえってきた。

「本当は、仕事にかかわることはあまり人間に教えちゃいけないんだけどね。きみが勝ったら教えてあげる。——その代わり、ボクが勝ったら」

ウタは正座《せいざ》したたまま、まっすぐに実奈《みな》を指さした。

「その魂《たましい》は、ボクがもらう」

……やっぱり、そうなんだ。

死神がねらっているのは、実奈《みな》の魂《たましい》。

全身から汗《あせ》が噴《ふ》き出《で》るような心地《ここち》になったけど、実際《じっさい》は少し呼吸《こきゅう》が乱《みだ》れただけだった。

賭《か》けの条件《じょうけん》はあまりに釣《つ》りあってないし、こんな勝負したくない、けど。

「……わかった」

逃《に》げられない気がした。

実奈《みな》は自陣《じじん》の札を見る。

【ながくもがなとおもひけるかな】

この歌は、若《わか》くして亡《な》くなったという藤原義孝《ふじわらのよしたか》のものだ。上《かみ》の句《く》は、【君がため惜《を》しからざりし命さへ】。恋《こい》しい女性《じょせい》に会えれば死んでも惜《お》しくないと思っていたけど、会えた今はやっぱり命が惜《お》しい、そんなような意味の歌だ。

実奈《みな》はもちろん、命が惜《お》しい。

ウタのほうにある札は、【しづごころなくはなのちるらむ】。紀友則《きのとものり》の、【ひさかたの光のどけき春の日にしづごころなく花の散るらむ】という歌だ。

一文字目は、実奈《みな》の札は「き」で、ウタの札は「ひ」。

しばしの沈黙《ちんもく》。そして。

アプリが札を読んだ。

「【ひさかたの――】」

実奈《みな》はとっさに自札を手でかこみかけたが、すぐに体勢《たいせい》を変えて手を伸《の》ばした。

けど、ウタのほうが速い。

「――やった」

札を取ったウタが笑った。

「ボクの勝ちだ！」

ウタはマントをふわりとさせ、すっくと立ちあがる。

勝《か》ち誇《ほこ》った目で見おろされ、実奈《みな》はぺたっと座《すわ》りこんだ。

アプリはまだ下《しも》の句《く》をくりかえし読んでいる。ウタが小さく手をふりあげ、パッとあらわれたのは、鋭《するど》い光を放つ三日月の刃《は》がついた大鎌《おおがま》。

「あ……」

逃《に》げなきゃ。なのに、体がかたまってしまって動けない。

イヤだ。

かるたに負けて死ぬなんて、冗談《じょうだん》じゃない。

「賭《か》け、憶《おぼ》えてるよね？」

ゆらりとウタが鎌《かま》をふりあげる。

「ボクの勝ちだ」

実奈《みな》は声にならない悲鳴をあげ、自分にむかってふりおろされる大鎌《おおがま》からかばうように、両手で頭をおおった。

――ひゅんっ。

大鎌《おおがま》が風を切るような音がした、けど。

実奈《みな》の首は、はねられたりはしていなかった。

鎌《かま》がぐさりと体に突《つ》き刺《さ》さることも、血が噴《ふ》き出《で》ることも、そして、命が失われることも。

なんにもない。

実奈《みな》は脱力《だつりょく》してその場につっぷした。息があがっていて、ほこりっぽい畳《たたみ》の匂《にお》いをたくさん吸《す》いこみ、やがて顔だけそっとあげる。

誰《だれ》もいなくなっていた。

空っぽの教室。取り札の山。札を読みつづけるアプリ――。

全身が心臓《しんぞう》になったようにバクバクと鳴り、汗《あせ》まみれになっていた。実奈《みな》は、いつの間にか目に浮《う》かんでいた涙《なみだ》をごしごしとぬぐう。

ウタがいない。

今までのは、夢《ゆめ》？　それとも、幻《まぼろし》？

けど、ウタと過《す》ごした時間は、夢《ゆめ》というにはあまりに鮮明《せんめい》すぎる。

……ウタは、なんで実奈《みな》の命を取らなかったんだろう。

からかわれただけだったのか、それとも。

百人一首を教えたお礼……？

実奈《みな》は、いつもの習慣《しゅうかん》で考えるのをやめた。「何か」について考えたって、時間のムダだ。

――だけど。

実奈《みな》は、散らばっていた札をゆっくりと集め、箱にしまった。

短歌好きの死神のことは、もうちょっと考えてみたいと思った。

なお、その日を境《さかい》に、実奈《みな》は「何か」を一切《いっさい》見なくなった。何かにつけて視界《しかい》に入り、実奈《みな》を悩《なや》ませてきたもの。それが、ぱったりと視界《しかい》に映《うつ》らなくなったのだ。

今まで実奈《みな》は、競技《きょうぎ》かるたの試合中、視界《しかい》をチラつくものたちのせいで気が散ることが多くあった。けど何も見えなくなったおかげで、集中力は抜群《ばつぐん》。ぐんぐんと昇級《しょうきゅう》していき、今では地区大会で敵《てき》なしだ。

実奈《みな》は時々考える。

もっともっと鍛錬《たんれん》したら、ウタもすごく強い選手になれるだろうになって。死神の世界にも、競技《きょうぎ》かるたの大会があったらいいなと密《ひそ》かに願う。

＊＊＊

ウタは、今しがた送った魂《たましい》の情報《じょうほう》を《黒タブ》で確認《かくにん》した。

「四十年前の魂《たましい》って、どういうことだよ……」

未練のある魂《たましい》は、ふつうは死神の手を借りて冥界《めいかい》へ送られる。が、死神側のミスやさまざまな事情《じじょう》が重なって、まれに現世《げんせ》に留《とど》まってしまい、浮遊《ふゆう》霊《れい》になってしまうことがあるのだ。

すぐに見つけてあらためて送ればいいのだが、その死神はウタ以上に適《てき》当《とう》なヤツだった。かくして数十年放置され、すっかり悪霊《あくりょう》と化し、あの女子高生に憑《つ》いていた。憑《つ》かれた女子高生は、きっとよくないものが見えていたにちがいない。

そんな悪霊《あくりょう》の所在地《しょざいち》に〝上〟がようやく気づき、今回ウタに後始末を任《まか》せたというわけである。

『よくやったネ!』

クロノスがにゃーんと褒《ほ》めてくるが、ウタは文句《もんく》でかえした。

「誰《だれ》かの尻《しり》ぬぐいなんて、二度とごめんだ」

『仕事は選べないヨ。でも、タンカで遊べてよかったネ』

「……遊んでたわけじゃないし」

クロノスは短歌に興味《きょうみ》がない。ウタの短歌好きを黙認《もくにん》しているのは、それが死神の仕事に支障《ししょう》がないと判断《はんだん》しているからにすぎない。短歌について語りあえるようなアシスタントなら、ウタももう少し退屈《たいくつ》せずにすむのに。

……まぁ、それはともかく。

思いがけず競技《きょうぎ》かるたができて、今日は楽しかった。

クロノスには、こんなこと、絶対《ぜったい》に言わないけどね。

【札ならべ読まれて取って一度きり勝負刹那《せつな》で運命を得《え》る】

小倉百人一首を用いた「競技《きょうぎ》かるた」って？

競技《きょうぎ》かるたとは、『小倉百人一首』のかるたの札を使う、老若男女《ろうにゃくなんにょ》が楽しめる競技《きょうぎ》である。記憶力《きおくりょく》や俊敏《しゅんびん》さが求められる競技であることから、部活動の１つとしても広まっている。

「競技《きょうぎ》かるた」の用語いろいろ

陣地《じんち》…25 枚《まい》の札を置く場所のこと。
自分側を「自陣《じじん》」、相手側を「相手陣《あいてじん》」と呼ぶ。

序歌…競技《きょうぎ》の最初に読みあげる歌のこと。百人一首には含《ふく》まれていない。

空札…対戦で使用しない札のこと。
空札が読まれたときに札を触《さわ》るとお手つきとなる。

送り…相手陣《あいてじん》の札を取ったとき、もしくは相手がお手つきをしたときに、自陣《じじん》の札を相手に送ること。好きな札を選ぶことができる。

きまり字…その歌を特定できる字（音）のこと。
最短１字から最長６字まである。

とも札…きまり字が途中《とちゅう》まで同じ札。(例：「あきのたの」と「あきかぜに」)

運命戦…残りの札が自陣《じじん》・相手陣《あいてじん》ともに１枚《まい》ずつになった試合のこと。

もっと知りたい！　用語解説《かいせつ》

枕詞《まくらことば》…特定の言葉の前に置くことで、より魅力的《みりょくてき》なリズムと雰囲気《ふんいき》を作り出すことのできる言葉のこと。現代語には訳《やく》さず、言葉自体に意味はない。

前に置く言葉	続く言葉
あかねさす	日・昼・紫《むらさき》・君
うつせみの	命・世・人
ひさかたの	天・空・君
ちはやふる	神・氏・宇治《うじ》
たまのおの	長き・短き・絶え・乱《みだ》れ・継《つ》ぐ・惜《お》し
あしひきの	山・峰《みね》
からころも	着る・裁《た》つ・かへす・紐《ひも》・裾《すそ》

七 登る

……ああ、ぼくはとうとう死んだんだな。

自宅《じたく》の庭におり立った卓治《たくじ》はそう悟《さと》った。三十八年の人生、長かったようだけど、やっぱり短かくて、無念で残念だ。

自宅《じたく》では両親が親戚《しんせき》に電話したり葬儀屋《そうぎや》と打ちあわせしたりとバタバタしていた。親よりも先に死んでしまって本当に申しわけないと卓治《たくじ》もしばらくうなだれたが、なげいてもしょうがない。というか、魂《たましい》になった自分はこれからどうしたらいいんだろう。

しばし考えてみたもののわからず、せっかくなので近所を歩いてみることにした。

とある地方都市のはずれにあるこの街は、森や小高い丘《おか》なども多い、自然豊《ゆた》かなのどかなところだった。季節は十一月の下旬《げじゅん》、遠くの山並《やまな》みは紅葉《もみじ》であざやかなオレンジ色に染《そ》まりはじめている。

紅葉《もみじ》狩《が》りをするのも悪くないと考え、卓治《たくじ》はのんびりと山のほうを目指して歩いた。

すると。

道の先に、中学生くらいの少年がいた。

まっ黒なマントに、黒いパンツとショートブーツ。真冬ならともかく、まだそこまでの防寒《ぼうかん》は不要なんじゃないだろうか。ただ、そんな違和感《いわかん》もすぐにどうでもよくなった。

その少年が、死神だとわかったからだ。

自分のお迎《むか》えなんだろうか。けど、少年は黒いタブレット端末《たんまつ》のようなものにタッチペンで何かを書きつけていて、こちらに気づいていない。

何をやってるんだろう。ゲーム……？

卓治《たくじ》は少年に近づいた。少年は近くの電柱にもたれかかっていて、何かを悩《なや》んでいるよう。タブレット端末《たんまつ》の画面には黒猫《くろねこ》とメモ帳アプリのようなものが表示《ひょうじ》されており、文字がならんでいて……。

あれ？

「それ、もしかして短歌？」

思わず話しかけた卓治《たくじ》に少年は飛びあがり、たたらをふむように数歩さがった。

「だ、誰《だれ》……って、あれ？」

少年はタブレット端末《たんまつ》の画面をパッと切りかえ、何かを確認《かくにん》すると聞いてきた。

「もしかして、磯村卓治《いそむらたくじ》さん？」

「そうです。磯村卓治《いそむらたくじ》です」

思いがけずフルネームを呼《よ》ばれて目を丸くしたが、彼《かれ》が死神なら卓治《たくじ》の名前くらい知っていてもおかしくないかと思いなおす。

「うわー、やっちゃった！　すみません、迎《むか》えに行くの遅《おそ》くなって……！」

死神はあわあわと謝《あやま》ってくる。どうやら、卓治《たくじ》のお迎《むか》え役らしい。

「きみが、ぼくをあの世？みたいなところまで案内してくれるの？」

「案内……とは、ちょっとちがうんですけど。未練を残したまま死んだ魂《たましい》には、未練の糸っていうのがあって。ボクはそれを切るのが仕事です。未練の糸を切るとあの世に行けます」

死後の世界のことは、よくわからない。けど、今はそれよりも気になっていることがある。

「ところで、さっき書いてたのって、短歌？」

「あー……はい。なんか、うまい言葉が見つからなくて。悩《なや》んでたら、結構《けっこう》時間たっちゃったみたいで……」

死神は決まり悪そうにもごもごとこたえる。けど、卓治《たくじ》にはそんなの関係ない。

だって、短歌！

死神が、短歌！

卓治《たくじ》は勢《いきお》いあまって、死神の手首をガシリとつかんだ。死神の手って冷たいんだなと思いつつ話しかける。

「ぼくも！　ぼくも歌、詠《よ》むんだ」

卓治《たくじ》は前のめりになってまくし立てた。

二十代のころ、ネットで見かけた短歌に感動して歌集を買うようになり、自分でも詠《よ》むようになったこと。

事情《じじょう》があってなかなか出かけられなかったので、オンラインで活動する歌《うた》会《かい》に参加していたこと。

「だから、短歌を詠《よ》む誰《だれ》かとこんなふうに話せるの、なんだかうれしいよ」

「歌会《うたかい》って何？」

「知らない？　って、そうか。きみ、死神だもんね」

短歌をたしなんでいるとはいえ、人間の世界の常識《じょうしき》とはちがうんだろう。

「歌会《うたかい》っていうのは、短歌を詠《よ》む人で集まって、意見を言いあったりする会のことなんだ。サークル活動、みたいなものかな」

「ふーん。そういうのに参加すると、歌、うまくなるの？」

「まぁ、そうだね。他人に言われてはじめて気がつくことなんかもあるし」

「そうなんだ……」

少年は、なんだか考えこんでしまった。

彼《かれ》は歌会《うたかい》を知らなかったくらいだ。もしかしたら、ずっと一人で歌を詠《よ》んできたのかもしれない。

そう思ったら、卓治《たくじ》のお節介魂《せっかいだましい》に火がついた。卓治《たくじ》は元来、世話を焼かれるより焼くほうが好きな人間なのだ。

「きみさ、ぼくといっしょに、歌、詠《よ》んでみない？」

「いっしょ？」

「うん。二人で歌会《うたかい》、っていうのもなんだけど……あ、そうだ！」

卓治《たくじ》は思いついた。

「あの山に登ろう！」

七．登る

街のはずれにある、丘《おか》と呼《よ》ぶには少々高く、山と呼《よ》ぶには少々低い、そんな場所を卓治《たくじ》と死神の少年――ウタは目指すことにした。

「地元の小学生が遠足とか写生大会をするような、小さな山なんだけどね」

「どうして山なの？」

「この街は内陸で、海へは電車に乗ったりしないと行けないからね。ぼく、昔から吟行《ぎんこう》するなら海か山がいいなって思ってたんだ。今日のところは、手っ取り早く山にしよう」

吟行《ぎんこう》というのは、短歌を詠《よ》むために旅行や散策《さんさく》をすることをいう。

「今なら紅葉《こうよう》もきれいだよ、きっと」

二人は山のふもとに到着《とうちゃく》し、さっそくなだらかな山道を登りはじめた。山道はきちんと整備《せいび》されていて、初心者むけなのがわかる。目指すゴールは山《さん》頂《ちょう》の展望台《てんぼうだい》だ。

平日の午後だからか、あまり人はいなかった。卓治《たくじ》は一歩ずつふみしめるように坂道を登っていく。幽霊《ゆうれい》になったせいか足裏《あしうら》に伝わる地面の感触《かんしょく》はあまりなかったが、それでも一歩ずつ前に動かしていると、しまいには足がガクガクしてきた。

「足が重たい……」

幽霊《ゆうれい》になってから喉《のど》のかわきも空腹《くうふく》も感じずにいたけど、体の疲労《ひろう》は感じるものなんだろうか。

「霊体《れいたい》に慣《な》れていないだけだと思う」

一方のウタはというと、地面から数センチ浮《う》いたところで足をすいすいと滑《すべ》らせて登っている。

「ウタは歩かないの？」

「歩けるけど、足を使うほうがつかれるような気がするから」

「そういうものなんだ」

すっすっと足を動かすウタを見て、卓治《たくじ》は一首詠《よ》んでみる。

【浮遊術《ふゆうじゅつ》できそうだけど遠慮《えんりょ》する地面の感触《かんしょく》足がふるえる】

一歩先を行っていたウタが足をとめてふりかえった。

七．登る

「今の歌って、上手？」

「え、どうだろう……即興《そっきょう》で作ったものだし、そもそもぼくは歌が上手なわけじゃないし。でも、ぼくの今の気持ちはたくさんこめたよ。――せっかく詠《よ》んだし、どこかにメモできたらよかったな」

残念なことに、スマホやノートといったものを卓治《たくじ》は何も持っていない。幽霊《ゆうれい》が手荷物を持っているわけなんてないんだろうけど。

すると、ウタが黒いマントの内ポケットからタブレット端末《たんまつ》を出した。

「ボクが書く。だから、もう一回詠《よ》んで」

歩きながら、卓治《たくじ》はその後も思いつくままに歌を詠《よ》んでいった。

【赤い山近くで見ればまだら色　落ちる紅葉《もみじ》に虫食いの穴《あな》】

【赤い屋根、茶色い屋根に青い屋根　黄色い屋根は山田さんちか】

【赤はどう？　きみの靴下《くつした》に似合《にあ》うはず　黒ばかりでは夜が心配】

「何、今の歌」

「ウタには、赤いソックスが似合《にあ》いそうだなって。黒ばっかりじゃ味気《あじけ》ないし、夜は車が心配だ」

「心配してもらったところ悪いけど、ボクも死んでるから車にひかれたりしないよ」

「ウタも、死んだ人間の魂《たましい》なの？」

ウタは少し迷《まよ》うようなそぶりをしてから、「そんなようなもの」とこたえた。

死神は〝神〟とついているくらいだし、人間を超越《ちょうえつ》したすごい存在《そんざい》なのかと卓治《たくじ》は思っていた。けど、ウタももともとは、死んだ人間だってことなんだろうか。

卓治《たくじ》が今まで生きてきて知っている世界というのは、本当にせまいところだったのだろう。この世には、知らない世界がきっとたくさんある。

「ウタも人間の魂《たましい》だったなら、どうしてあの世に行かないの？　どうして死神をやってるの？」

「質問《しつもん》、多くない？」

「ごめん。ぼく、昔からこうなんだ」

ウタは少し考え、言葉を選ぶようにこたえた。

「昔はボクも〝あの世〟に行って、働いてたんだ。でもなんていうか、ルール違反《いはん》、みたいなことをしちゃって……」

語尾《ごび》をにごし、ウタは話題を変えた。

「さっきの歌、どれも頭を『赤』にしたのはわざと？」

「そう！　何かお題とか、しばりがあったほうが楽しいかと思って」

「ふーん」

ウタはだまり、すっと卓治《たくじ》の一歩先を行く。

さっきは、つっこんだ質問《しつもん》をしすぎたのかもしれない。昔から質問魔《しつもんま》である卓治《たくじ》は、ラインをよくまちがえ、気まずい空気を作りがちだった。

せっかくの、はじめてで最期《さいご》の吟行《ぎんこう》なのに……。

そのとき、ウタがふいに口をひらく。

【赤よりも朱《しゅ》と呼《よ》ぶほうがいいのでは　色の名前に毎年迷《まよ》う】

「なんか、わかるかも。色の定義《ていぎ》ってむずかしいよね」

卓治《たくじ》の言葉に、ウタはこくっとうなずいた。


そのあとも二人は「赤」をテーマに歌を詠《よ》んだが、山の中腹《ちゅうふく》あたりでネタはつきた。そこで、卓治《たくじ》は「今度は連歌《れんが》をやってみない？」と提案《ていあん》してみた。


「連歌《れんが》って？」

「五七五の発句《ほっく》と、七七の脇句《わきく》を交互《こうご》に詠《よ》んでいくんだ」

さっそく、卓治《たくじ》から詠《よ》んでみる。

【山頂《さんちょう》の展望台《てんぼうだい》がまだ見えない】

「字余《じあま》りだし」

「ほらウタ、つづきを詠《よ》んで」

ウタは少し考えて、タブレット端末《たんまつ》に書きこんで詠《よ》んだ。

【ところで何かお菓子《かし》持ってない？】

「ウタこそ字余《じあま》りじゃないか。というか、死神はお菓子《かし》なんて食べるの？お腹《なか》が空《す》くの？」

「お腹《なか》は空《す》かないけど、甘《あま》いものはあれば食べる」

「へぇー！」

なんのお菓子《かし》が好きなの？　死神用のお菓子《かし》があるの？　食べたものはちゃんと消化されるの？　――なんて、いろいろ質問《しつもん》は浮《う》かんだものの、卓《たく》治《じ》はのみこんだ。質問《しつもん》しすぎはあんまりよくない。

そのあとも卓治《たくじ》が発句《ほっく》を詠《よ》み、ウタが脇句《わきく》を詠《よ》む連歌《れんが》をつづけた。

【こんにちはすれちがいざま声かけあう】【ボクらのことはスルーだけどね】

【山登りウタはしたことあるのかな？】【するわけないじゃんめんどくさいし】

【死神の仕事に休みはありますか？】【休みはないよブラック職場《しょくば》】

【ウタの趣味《しゅみ》、短歌はいつからやってるの？】【人の時間で説明は無理】

「――っていうかさ」

つぎの歌を詠《よ》もうとした卓治《たくじ》をウタがとめた。

「短歌で質問《しつもん》するの、やめてくれる?」

「へへ、バレたか」

攻守《こうしゅ》交代、今度はウタが発句《ほっく》を詠《よ》む。

【歩けども似《に》た景色がつづいてく】【同じ木も葉も二度と出会えぬ】

【紅葉《こうよう》は朽《く》ちる途中《とちゅう》の屍《しかばね》か】【はかなさの美はきれいごとかな】

【山頂《さんちょう》で誰《だれ》かお菓子《かし》をくれないか】【やっぱりお腹空《なかす》いてんじゃない?】

ただの会話みたいだし、上手な短歌とは言えないだろう。

それでも、卓治《たくじ》は楽しかった。どうしようもなく、胸《むね》が熱くなる。

オンラインの歌会《うたかい》だけじゃなく、こんなふうに、誰《だれ》かといっしょに景色を見ながら、ずっと歌を詠《よ》んでみたかった。

【短歌って誰《だれ》かとやるとちがうもの?】

ウタの質問《しつもん》に、発句《ほっく》に、卓治《たくじ》はつづけた。

【一人もいいし仲間もいいよ】

七．登る

のんびりゆっくり、歌を詠《よ》みながらの登山も終わりが見えてきた。

二人はとうとう、山頂《さんちょう》の展望台《てんぼうだい》にたどりつく。

「――すごっ」

小さな山だとわかっている。それでも、見おろした街の景色に息をのむ。

よくよく知っているはずの街を見おろすと、こんなにも感慨深《かんがいぶか》い気持ちになるなんて、卓治《たくじ》はまったく知らなかった。三十八年間も生きてきたというのに。

「世界って、広いんだね」

卓治《たくじ》は感動で胸《むね》をいっぱいにしてつぶやいたけど、ウタはクールに「そう？」とかえした。

「広くて、知らないことばっかりで」

卓治《たくじ》はゆっくりとまばたきし、ウタにむきなおる。

「このままじゃ、未練だらけになりそうだよ」

今度は、ウタはこたえなかった。

ウタの仕事は、未練の糸を断《た》ち切《き》ること。

こんなことを言われても、こまらせるだけなのはわかってる。

「オンラインの歌会《うたかい》に参加してたって話、しただろ？」

「うん」

「本当は、オンラインだけじゃなかったんだ。歌会《うたかい》では、たまにオフ会があってさ。仲間たちは、リアルでも歌会《うたかい》をしたり、それこそ今日みたいに、紅葉狩《もみじが》りをしながら吟行《ぎんこう》したりしてたんだ」

「でも、行かなかった？」

「そう。ぼくは、ずっと行かなかった。行けなかったんだ。ずっと……ずっと、リアルな自分を知られるのが怖《こわ》くて」

オンラインで、画面越《がめんご》しに親しくなった歌会《うたかい》の仲間たちの顔がよみがえる。年齢《ねんれい》も性別《せいべつ》もバラバラだったけど、だからこそ卓治《たくじ》の世界をひろげてくれた、大事な仲間たちだった。

なのに、卓治《たくじ》は最期《さいご》まで本当の自分を見せられなかった。

リアルで会いに行く勇気を持てなかった。

「本当は、みんなと会いたかった。吟行《ぎんこう》に参加したかった。それはもう永遠《えいえん》に叶《かな》わない。だから……だから」

卓治《たくじ》は、冷たいウタの手を取る。

「いっしょに山を登ってくれて、ありがとう」

幽霊《ゆうれい》になったせいか涙《なみだ》は出なかったけど、卓治《たくじ》の手はふるえた。

「ウタと吟行《ぎんこう》ができてよかった。楽しかった。うれしかった」

にぎった手に、力をこめる。

「だからきっと、ぼくの未練は、永遠《えいえん》になくならないと思う」

卓治《たくじ》はようやく世界の広さを知った。自分の小ささを痛感《つうかん》した。

本当は、もっともっといろんなことを知りたかった。

けど、それはぜいたくというもの。

物事には、何にでも引きぎわというものがある。

そして、卓治《たくじ》は聞きわけのいい大人でもあった。

「おしまいにしないといけないいんだよね」

しばしの間。

そして、ウタはしっかりと一つうなずいた。

卓治《たくじ》の決意はかたまった。こんな小さな少年を、大人の自分がこまらせてはいけない。

卓治《たくじ》はウタの手をはなした。

「未練の糸、切っていいよ。ぼくを迎《むか》えに来たのが、短歌好きの死神でよかった」

「本当に切っていいの？」

クールなウタの表情《ひょうじょう》が、少しゆれて見えた——のは、都合のいい解釈《かいしゃく》かもしれない。

卓治《たくじ》はうなずいてこたえ、「あ、でも」と一つつけくわえる。

「最期《さいご》に一首詠《よ》みたいかな。それもメモしてもらえる？」

紅葉《もみじ》の朱《しゅ》に溶《と》けるような感覚の中、卓治《たくじ》は詠《よ》んだばかりの歌のことを思い出していた。

やっぱり自分は歌が上手じゃない。

けど、悪くない歌だったような気がする。

【断《た》ち切《き》れぬ想《おも》い紅葉《もみじ》の朱《しゅ》に染《そ》まる　出会えた君に幕引《まくひ》き頼《たの》む】

＊＊＊

ウタは山道をくだりながら、《黒タブ》にメモした歌を見かえした。たったの半日でこんなにたくさんの歌を詠《よ》んだのは、はじめてかもしれない。

『タンカがたくさん！』

画面のすみでくるくるとまわるクロノスを避《よ》けつつリストを見たあと、情報《じょうほう》の確認《かくにん》もした。

卓治《たくじ》は幼少期《ようしょうき》の事故《じこ》がきっかけで足が不自由になり、長年の車いす生活だったらしい。近年は重い内臓疾患《ないぞうしっかん》もわずらい、ほとんど外出ができなかったよう。登山や吟行《ぎんこう》にこだわっていたのは、そのためだったんだろうか。

【一人もいいし仲間もいい】

卓治《たくじ》の歌を思い出し、それからメモしたばかりの卓治《たくじ》の最期《さいご》の歌を読みかえす。

誰《だれ》かとあんなふうに歌を詠《よ》むなんて、ウタにとっても最後の機会だったかもしれない。

ウタは一首詠《よ》んだ。誰《だれ》かに返歌《へんか》を送るのも、きっと最初で最後だ。

【幕《まく》引くも木《こ》の葉《は》つもって山となり　ふたたび君の歌を迎《むか》える】

短歌の楽しみ方いろいろ

歌会《うたかい》　短歌を詠《よ》む仲間たちと作品を披露《ひろう》しあう会のこと。対面で集う形式、インターネット上で集う形式などがある。

◇ここが良いポイント！

①さまざまな人から意見を聞けるため、上達のスピードがあがる
②短歌だけに向きあう時間を過ごすことができる
③共通の趣味《しゅみ》を持った人たちとの輪が広がる

○一般的《いっぱんてき》な歌会《うたかい》のルール

事前に短歌の提出が求められ、短歌の種類には「自由詠《じゆうえい》」「題詠《だいえい》」「テーマ詠《えい》」の3つがある。

●「自由詠《じゆうえい》」……自分でテーマや素材を決めて読む歌のこと
●「題詠《だいえい》」……決まった題を作品に入れて詠《よ》む歌のこと
●「テーマ詠《えい》」……決まった題や素材から詠《よ》む歌のこと
ただし、内容が題に沿《そ》っている場合は
題を作品に入れなくても問題はない

吟行《ぎんこう》　公園や美術館など、どこかに赴《おもむ》いてその場で短歌を詠《よ》むこと。

◇ここが良いポイント！

①家の外に出ることで、外部の刺激《しげき》を受け新しい発想が生まれる
②ひとりでもグループでも楽しめる
③その場で完璧《かんぺき》な短歌を作らなくてもOK！
浮かんだキーワードをメモするだけでも

もっと知りたい！　用語解説《かいせつ》

連歌《れんが》…複数人で上の句（5・7・5）と下の句（7・7）を交互《こうご》に繰《く》り返し詠《よ》むこと。

返歌《へんか》…人から贈《おく》られた短歌に対して返す短歌のこと。

八

呪《まじな》う

もうすぐバレンタインデーという、二月のある日のことだった。

小学六年生の瑠梨《るり》は、その呪文《じゅもん》をとなえた。

「アライゴスキルロコロコンロダエクイオエウンダニロツキヅンイテテ！」

なんて読みにくいんだろう。意味もまったくわからないし。

それでも、この意味のわからなさが、ホンモノって感じがしなくもない。

瑠梨《るり》は六年生になってからずっと、同じクラスのタツキに片想《かたおも》いをしていた。タツキとは中学校の学区がちがうので、卒業式までの一か月半のあいだになんとか両想《りょうおも》いになり、彼氏彼女《かれしかのじょ》の仲になりたい。そのためにも、タツキにも好きになってもらって、ぜひともドラマチックに告白をしてもらいたかった。

けど、世の中そんなにうまくはいかない。

おまけに、瑠梨《るり》には愛衣《あい》という強力なライバルまでいた。愛衣《あい》はとなりのクラスだけど、タツキと同じ塾《じゅく》に通っていて、二人は仲がいいらしい。

じっとしていられない。どうにかしなきゃ！

そうして考えに考えた瑠梨《るり》はネットに頼《たよ》り、例の呪文《じゅもん》をとなえたというわけである。ライバルを蹴散《けち》らし、意中の人と両想《りょうおも》いになれるという、強力な呪文《じゅもん》らしい。

瑠梨《るり》はタツキのことを思《おも》い浮《う》かべながら、念のため、もう一度だけ呪文《じゅもん》をとなえておく。

「アライゴスキルロコロコンロダエクイオエウンダニロツキヅンイテテ！」

呪文《じゅもん》をまちがえずに最後まで読めただけでも、達成感でいっぱい。

これでうまくいけばいいけど……と、考えていたら。

ベランダに、ふいに黒い人影《ひとかげ》があらわれた。

瑠梨《るり》の部屋はマンションの六階。家の前を通りすがった誰《だれ》か、というのはまずありえない。

もしかして泥棒《どろぼう》？　それとも……もしかして、タツキ？

さっそく呪文《じゅもん》が効《き》いて瑠梨《るり》に会いたい気持ちをガマンできなくなって、六階のベランダまでのぼってきた、とか？

妄想《もうそう》たくましい瑠梨《るり》だったけど、泥棒《どろぼう》だったらこまるのですぐに動けなかった。さすがに、自分から窓《まど》をあけるのは危険《きけん》だよねと、思っていたのに。

その黒い影《かげ》は、ベランダの窓《まど》をぬっとすり抜けた。

ガラス越《ご》しでぼんやりしていた人影《ひとかげ》が、急にはっきりとした輪郭《りんかく》を持って目の前にあらわれ、瑠梨《るり》はヒュッと息をのむ。

「もしかして、ボクが見えるの？」

ベランダの窓《まど》をすり抜《ぬ》けてあらわれたのは、全身黒づくめの少年だった。

見た目には、中学生くらいだろうか。さらりとした黒髪《くろかみ》にクールな表情《ひょうじょう》。

上半身にはフードのついたマントを羽織《はお》っていて、下も黒いパンツとぴっちりとしたショートブーツといった格好《かっこう》だ。

瑠璃《るり》がおどろきと恐怖《きょうふ》のあまりだまってコクコクうなずくと、少年はこまったように頬《ほお》をかいた。

「なんでだろう……」

その少年を見て、瑠璃《るり》はふと理解《りかい》する。

この人はきっと、死神だ。

そして、瑠璃《るり》は手にしていたスマホの画面に目を落とす。

呪文《じゅもん》が効《き》いたのかも！

瑠璃《るり》は恐怖《きょうふ》も忘《わす》れ、死神の少年に一歩近づいた。呪文《じゅもん》がホンモノだったというなら、これを利用しない手はない！

「あなた、死神？　わたしの呪文《じゅもん》に呼《よ》び出《だ》されたの？」

「呪文《じゅもん》？」

「死神でもなんでもいい！　叶《かな》えてほしいお願いがあるの！」

そして、瑠璃《るり》は臆《おく》することなく願いを口にした。

同じクラスのタツキと両想《りょうおも》いになりたいこと。

ライバルの愛衣《あい》に勝ちたいこと。

「そんなこと言われても……ボク、死神だし」

たしかに、死神に恋愛成就《れんあいじょうじゅ》の手伝いをしてもらうのはおかしな話に思えた。

なんというか、神さまの種類がちがう。

「じゃあ、恋愛成就《れんあいじょうじゅ》の神さまを呼《よ》んできてもらえない？」

「えぇぇ、そんな知りあい、いないよ」

「もしかしてあなた、友だち少ない系《けい》？」

死神がいかにも心外って顔をした。ふれちゃいけない部分だったのかもしれない。

ほかの神さまを呼《よ》べないとしても、せっかく死神がいるのだ。この好機をなんとかうまく使えないかと、瑠梨《るり》は頭をひねる。

「あの、ボク、もう行ってもいいかな？」

「待って！　まだなんにもお願いしてないし！」

そこで、瑠梨《るり》はひらめいた。

死神の仕事はきっと、誰《だれ》かを死なせること。

死ぬってことは、誰《だれ》かがこの世から消えるということ。

「愛衣《あい》をこの世から消して」

すると、死神は静かにこたえた。

「きみは、本当にそれを望むの？」

死神はふわりとその場で数センチ浮《う》かびあがった。

「ボク、これから仕事だから」

そして、あらわれたときと同じように、ガラス窓《まど》をすり抜《ぬ》けて部屋を出ていく。

なんだか気が抜《ぬ》けて、瑠梨《るり》はその場にぺたりと座《すわ》りこんだ。


その晩《ばん》、夕食の席でのことだった。

お母さんが、「そうそう」と何かを思い出したような顔になって眉根《まゆね》を寄《よ》せた。

「スーパーで、三階の田島《たじま》さんに会ったんだけどね。一階の堂本《どうもと》さん、今日の夕方に亡《な》くなったんだって」

瑠梨《るり》は思わず「え⁉」と声をあげてしまう。

「堂本《どうもと》さんって、あのおばあちゃんの？」

「そうそう。九十歳《さいこ》越えても元気だったのにねぇ」

ショックのあまり、瑠梨《るり》はだまった。

「瑠梨《るり》、よくお菓子《かし》もらったりしてたもんね」

お菓子《かし》ももらっていたし、エントランスなどで会ったときに、おしゃべりをすることもよくあった。堂本《どうもと》さんは、瑠梨《るり》の学校の話をいつだって興味《きょうみ》しんしんといった様子で聞いてくれていた。瑠梨《るり》の祖父母《そふぼ》は物心がつく前に亡《な》くなってしまっていたので、おばあちゃんってこんな感じかな、と密《ひそ》かに思ってもいた。

毎日会うほど親しかったわけじゃない。それでも、誰《だれ》かが亡《な》くなるって、こんなにショックで、さびしくて、悲しいことなんだ……。

「お葬式《そうしき》、行けたらいっしょに行きましょうね」

「うん……」

瑠璃《るり》をおもんぱかってか、お母さんは堂本《どうもと》さんの話をそれ以上はつづけなかった。

瑠璃《るり》はなんとか夕ごはんのカレーライスを完食し、お風呂《ふろ》に入ってようやく一人になり、両手で顔をおおう。

手がぶるぶるとふるえた。

愛衣《あい》のことは嫌《きら》いだった。いなくなればいいのにって、いつも思ってた。

でも、死んでほしいわけじゃない。

なんて、なんて怖《こわ》いお願いを死神にしちゃったんだろう……！

その晩《ばん》、瑠璃《るり》はベッドの上に正座《せいざ》して、あの呪文《じゅもん》を何度もとなえた。

「アライゴスキルロコロコンロダエクイオエウンダニロツキヅンイテテ！」

「アライゴスキルロコロコンロダエクイオエウンダニロツキヅンイテテ！」

「アライゴスキルロコロコンロダエクイオエウンダニロッキヅンイテテ！」

あんなに読みにくいと思っていた呪文《じゅもん》も、くりかえすうちにすっかり憶《おぼ》えてしまった。

お願いします、お願いします、お願いします。

死神さん、また来てください……！

「――あのさぁ」

その声にハッとし、瑠梨《るり》は顔をあげた。

会いたいと願っていた死神が、いつの間にか部屋のすみに立っている。

「その気持ち悪い呪文《じゅもん》、やめてくれない？　すごく耳ざわりなんだけど」

「わ、わたし、死神さんにまた会いたくて――」

瑠梨《るり》はベッドの上でパッと立ちあがり、勢《いきお》いあまって足をすべらせて落下し、お尻《しり》をしたたかに打ちつけた。痛みに涙目《なみだめ》になりつつも、そのまま床《ゆか》に両手をつき、死神に頭をさげる。

「昼間のお願い、取り消してください！」

瑠梨《るり》は必死に懇願《こんがん》した。

「愛衣《あい》はライバルだけど、死んでいいわけじゃないの！」

浅はかな願いごとをした、自分がまちがっていた。

「ごめんなさい、ごめんなさい、ごめんなさい……！」

「えっとその、なんていうか」

死神は、ため息を一つついてこたえる。

「その愛衣《あい》って子、死なないから」

「ホ、ホントに……？」

半泣きになった瑠梨《るり》が顔をあげると、死神はいかにもあきれたような顔で瑠梨《るり》を見おろしている。

「死神だって、仕事相手はちゃんと選んでるんだ。好き勝手に人を殺すわけじゃない」

「じゃ、じゃあ……！」

「きみのお願いを叶《かな》える力は、最初からボクにはないから。じゃあね」

死神はまわれ右をし、部屋から出ていこうとした。けど、ふと足をとめて瑠梨《るり》を見る。

「あと、あの呪文《じゅもん》はもうやめてね」

瑠梨《るり》が何度もうなずくと、死神はようやくいなくなった。

その直後、部屋のドアがノックされる。

「なんか音がしたけど、大丈夫《だいじょうぶ》？」

お母さんだ。瑠梨《るり》はパジャマのそでで目もとをぬぐい、「ベッドから落ちた」とこたえた。

それから、ネットで変な呪文《じゅもん》を調べるのはもうやめようって心に誓《ちか》った。

＊＊＊

仕事に来たら変な呪文《じゅもん》が聞こえてきて、つい目的のマンションのべつの部屋をのぞいてしまった。

『キモチワルイよぉ……』

クロノスはピンク色の舌《した》を出し、ずっとげえげえはくようなな仕草をしている。こんなに調子が悪そうなのははじめてだ。

あの呪文《じゅもん》、なんだったんだろう。三十一文字ちょうどだったから一瞬《いっしゅん》短歌かと思ったけど、まったく意味がわからなかったし。

どうせでたらめだろうとは思う。けど、呪文《じゅもん》ははなれたところにいたウタにまで聞こえてきたし、クロノスにまで影響《えいきょう》をおよぼしている。

もしかしたら、少しくらいは不思議な効力《こうりょく》のある呪文《じゅもん》だったのかもしれない。

たとえば、冥界《めいかい》と人間界をつなげる効力《こうりょく》がちょびっとあるとか、ね。


【まじなって叶《かな》えた願い価値《かち》は消え失う対価《たいか》知らぬが仏《ほとけ》】

九　聴《き》く

長かった夏が終わり、秋はあまりに短くて、ふと気がつくと朝晩《あさばん》に足先が冷えるようになった。もう十二月。一年がもうすぐ終わる。

自分は、つぎの新しい年を迎《むか》えられるのかな。

そんな陽介《ようすけ》の不安は、枕《まくら》もとにあらわれた死神によって色濃《いろこ》くなった。

「おれ、もうすぐ死ぬ感じ？」

陽介《ようすけ》に話しかけられると思っていなかったんだろう。全身黒ずくめの死神は、わずかに体をビクリとさせた。

「ボクのこと、見えるの？」

「うん。見えてる。すっごくはっきり。おまけに、きみが死神らしいってことも、なんとなくわかる。不思議だなぁ」

死神の姿《すがた》をよく見たくて、陽介《ようすけ》はゆっくりとベッドの上体を起こしてみる。

ベッドのそばに立っている死神は、予想外に小柄《こがら》だった。中一の自分と変わらないような外見の少年だ。やや伸《の》び気味《ぎみ》のさらりとした黒髪《くろかみ》で、黒いマントを羽織《はお》っている。

「きみ、本当に死神なの？」

「だったら、なんだっていうんだよ」

つっけんどんな返事に、陽介《ようすけ》はすぐに「ごめん」と謝《あやま》った。気を悪くさせたのかもしれない。

「おれと同い年くらいの見た目なのにさ、なんかそういう仕事？してるなんて、すごいなっていうか」

陽介《ようすけ》は自分が体を横たえているベッドに、病室に目をやる。

「おれなんて、ベッドにいることしかできないし」

陽介《ようすけ》の心臓《しんぞう》には、幼《おさな》いころから不具合があった。何度か手術《しゅじゅつ》をくりかえし、一時は学校に通えるほどにまで回復《かいふく》した。だが、半年ほど前に大きな発《ほっ》作《さ》を起こしてしまい、また入院生活に逆《ぎゃく》もどり。現在《げんざい》は手術《しゅじゅつ》をできる状態《じょうたい》になく、投薬治療《とうやくちりょう》を行っているが、一日のほとんどをベッドの上で過《す》ごしている。

毎日のように家族もお見舞《みま》いに来るし、今はスマホやタブレット端末《たんまつ》もあって時間をつぶすには事欠かない。でも、陽介《ようすけ》は思うようにならない体を持てあまし、気持ちはあきらめと退屈《たいくつ》の海にしずんでいた。

それも、もうすぐ終わるんだろうか。

「おれ、死ぬの?」

死神はこたえない。

「きみが殺すの?」

「死神の仕事は、人を殺すことじゃない。寿命《じゅみょう》を迎《むか》えた人間の魂《たましい》を扱《あつか》うことだ」

わかるような、わからないような。

九．聴く

ひとまず、陽介《ようすけ》はそばにおいていたタブレット端末《たんまつ》に手を伸《の》ばした。

「今すぐおれのこと殺さないっていうなら、ちょっとこれ聴《き》いて、感想教えてくれない？」

陽介《ようすけ》は、スマホやタブレット端末《たんまつ》のアプリで作曲するのを密《ひそ》かな趣味《しゅみ》にしていた。密《ひそ》かな、というのは、ほとんど誰《だれ》にも話していないからだ。

「なんでかくしてるの？」

死神――名前はウタらしい――は、陽介《ようすけ》のヘッドフォンを耳にあてて聴《き》いていた。全身黒ずくめの格好《かっこう》にヘッドフォンはよく似合《にあ》い、指先の黒いネイルとショートブーツも相まって、ちょっとパンクに見えなくもない。

「我流《がりゅう》だし、ヘタだしさ。人に聴《き》かせるのって怖《こわ》いじゃん」

「ボクにはいいわけ？」

「だってウタは、人じゃないんでしょ？」

なるほど、とウタは小さくつぶやいた。

「まぁ、作ったものを他人に見せたくないっていうのは、なんとなくわかるかも」

それから、ウタは率直《そっちょく》に感想を述《の》べた。

この曲はかったるかった。

この曲はメロディがいい。

この曲はよくわからない。

ウタはどうやら、テンポが速い曲が好きらしい。好きなアーティストはいるのかと聞くと、《春を夢見《ゆめみ》る夜》という最近人気上昇中《じょうしょうちゅう》のバンドの名前が出てきてびっくりした。最近の流行にもくわしいとか、死神ってなんなんだろう。

「陽介《ようすけ》の曲には、歌はないの？」

「歌は……うーん、ボカロとか使うとなると、またべつのソフトが必要だし、自分ではうまく歌えないし。そもそも、歌詞《かし》を書くのってむずかしいし」

「歌詞《かし》は、五と七の音で作るとリズムがよくなるって、前に本で読んだ」

「五と七？」

「本に載《の》ってたのは、『蛍《ほたる》の光』」

小学校の卒業式で歌った気がするが、歌詞《かし》はもううろ覚えだ。スマホで『蛍《ほたる》の光』の歌詞《かし》を調べてみた。

『ほたるのひかり　まどのゆき　ふみよむつきひ　かさねつつ……』

「ホントだ、歌詞《かし》が五と七の音になってる」

陽介《ようすけ》がすなおに感心すると、ウタはふふんと鼻高々になる。

「ウタって、変なことにくわしいんだね。もしかして、音楽が趣味《しゅみ》だったりするの？」

「音楽は趣味《しゅみ》じゃない」

「じゃあ、ほかにあるの？」

「べつに」

ごまかそうとするウタを、陽介《ようすけ》は手を伸《の》ばしてこれでもかとくすぐった。

死神の体温は低かったけど、ふれたらたしかに存在《そんざい》しているのだと実感できた。ウタは身をよじって笑い、最後は涙目《なみだめ》になって降参《こうさん》する。

「……短歌」

「短歌？　俳句《はいく》を長くしたヤツだっけ？」

「逆《ぎゃく》だし。俳句《はいく》が短歌を短くしたヤツなんだよ」

やっぱりウタって変わってる。死神のくせに、短歌が趣味《しゅみ》なんだ。

「俳句《はいく》を詠《よ》む人って、俳人《はいじん》っていうんだよね。短歌を詠《よ》む人には、そういう呼《よ》び方《かた》はあるの？」

「歌に人って書いて、歌人《かじん》」

「そっか！　歌人《かじん》」

そして、ふと気がついた。

「ウタって名前、すごくいいね。歌人《かじん》にふさわしいよ」

ウタはふんっと鼻を鳴らし、手の甲《こう》で目もとをごしっとぬぐう。

そのとき、看護師《かんごし》さんから声をかけられた。検査《けんさ》の時間らしい。

「ウタ、あとで――」

聴《き》いてもらいたい曲があるんだ。

そう伝えたかったのに、ウタの姿《すがた》は見えなくなっていた。


それから、ウタは毎日のように陽介《ようすけ》の病室にあらわれた。

「これ、食べてもいい？」

ウタが指さしたのは、お母さんが持ってきたチョコやキャンディといったお菓子《かし》。間食は禁止《きんし》されていないけど、陽介《ようすけ》は甘《あま》いものがそこまで得意《とくい》じゃなかった。

「いいよ。むしろ、全部食べて。そのほうがお母さんもよろこぶし」

ウタは遠慮《えんりょ》するそぶりもなく、パクパクとお菓子《かし》を口にする。死神が甘《あま》いものを食べるだなんて、もちろん知らなかった。

「お菓子《かし》と引きかえに、今日もおれの曲、聴《き》いてくれる？」

ウタは唇《くちびる》についたチョコレートを舌先《したさき》でペロリとなめてから、親指をぐっと立てた。

退屈《たいくつ》だった時間が、ウタのおかげで色を変えた。

その後も、お菓子《かし》と引きかえに、陽介《ようすけ》は自分の曲をウタに聴《き》かせていった。

「今日のこれは、今までで一番いい気がする」

そうウタが褒《ほ》めたのは、去年の夏、同じクラスの七尾《ななお》の誕生日《たんじょうび》のために作った曲だった。七尾《ななお》は唯一《ゆいいつ》、陽介《ようすけ》の趣味《しゅみ》を知っている人。

「その七尾《ななお》っていうのは、友だち？」

「うん」

「見舞《みま》いには来ないの？」

ウタがあらわれるようになって、もうすぐ一週間。ここに見舞《みま》いに来たのは、両親と妹、そして祖父母《そふぼ》だけだった。

「……来られないんだと思う」

半年前、大きな発作《ほっさ》を起こしたきっかけが、七尾《ななお》と出かけたことだった。

『――え、裏山《うらやま》に登ったことないの？』

九．聴く

裏山《うらやま》っていうのは、陽介《ようすけ》たちが暮《く》らす街にある小さな山のことだった。小学校の裏側《うらがわ》にあるから、通称裏山《つうしょううらやま》。地元の小学校では遠足の定番スポットになっていて、秋には紅葉《もみじ》の名所としても有名だ。

そこに登ったことがないのは、よそ者か陽介《ようすけ》くらいだと思われた。

『じゃ、今度行こうよ。山っつっても道も舗装《ほそう》されてるし、楽勝だからさ』

七尾《ななお》の誘《さそ》いを断《ことわ》りたくなくて、陽介《ようすけ》は親には内緒《ないしょ》で山登りを計画した。

けど、元来体力がない陽介《ようすけ》には、真夏のような晴天も相まってきびしい登山になってしまった。結果的に、山頂《さんちょう》にたどりつく前に胸《むね》が痛《いた》くなって呼吸《こきゅう》がうまくできなくなり、陽介《ようすけ》は救急車《きゅうきゅうしゃ》で運ばれた。

登山を決めたのは陽介《ようすけ》で、責任《せきにん》も陽介《ようすけ》自身にある。けど、七尾《ななお》が自分を責《せ》めていると人づてに聞いた。あれ以来、陽介《ようすけ》は入退院《にゅうたいいん》をくりかえしていて学校にも行けておらず、七尾《ななお》の近況《きんきょう》はわからない。

「まぁ、そんな感じだからさ。おれ、退屈《たいくつ》してたんだ。ウタが来てくれるようになって、よかったよ」

「……死神なのに？」

その言葉に、ドキンとする。ウタが死神だということを、すっかり意識《いしき》しなくなっていたのだ。

「で、でもほら、なんていうか……おれはウタのこと、友だちみたいに思ってるっていうか」

「友だち？」

はんっとウタは鼻で笑う。

「ボクは、死神は、友だちなんて作らないんだよ」

そして、ウタの姿《すがた》が見えなくなった。


その晩《ばん》から、陽介《ようすけ》は高熱を出した。

意識《いしき》がもうろうとし、時間の感覚もあいまいな中、にぶく痛《いた》む胸《むね》をおさえ、重たい目蓋《まぶた》をうっすらとひらく。

「陽介《ようすけ》！」

心配そうな両親の顔。目を動かし、ぼやける視界《しかい》の中を探《さが》すが、ウタの姿《すがた》はやっぱりない。

ただでさえ痛《いた》む胸《むね》が、さらに重しを載《の》せられたようになった。

〝友だち〟だなんて、言わなきゃよかった。

ウタが来てくれて、話ができて、心にぽっかりあいた穴《あな》が、ほんの少し埋《う》まったように感じた。それは本当のことだった。

けど多分、ウタは気づいたのだ。

陽介《ようすけ》が、ウタを七尾《ななお》の代わりにしようとしていたことを。

ウタはウタで、七尾《ななお》の代わりにはならないのに。

少しして先生に呼《よ》ばれ、両親は病室を出ていった。

一人になって、ぼんやりと白い天井《てんじょう》を見つめていたときだった。

黒い影《かげ》を見た。

「……タ」

喉《のど》がカラカラでうまく声を出せず、陽介《ようすけ》はつばをのみこむ。

視界《しかい》のすみにゆらりとウタがあらわれた。その表情《ひょうじょう》には、お菓子《かし》を食べていたときの、明るい雰囲気《ふんいき》はこれっぽっちもない。

……とうとう、死ぬのかな。

死ぬのは怖《こわ》かった。だけど、ウタにまた会えたのは、よかったなぁとも思った。

「……ん……ウタ、お、れ」

つばが気管に入って咳《せ》きこむ。体が、胸《むね》が痛《いた》い、頭がはっきりしない。

それでも、陽介《ようすけ》は声をしぼり出した。

「……めん。ご、めん」

力をふりしぼって右手を少し動かすと、ウタのマントにふれた。

うまく話せないけど、少しは伝わっただろうか。

ウタ、ごめん。それから、ありがとう。

七尾《ななお》には、謝《あやま》れないままになっちゃったから。

せめて、ウタには謝《あやま》りたい。

「――誰《だれ》に謝《あやま》ってるのか、知らないけどさ」

ウタは、マントにふれる陽介《ようすけ》の手をベッドにもどした。陽介《ようすけ》が発熱しているからか、ウタの手はいつも以上に冷たく、氷のように感じられる。

「そういうのは、ちゃんと本人に言いなよ」

そうじゃない。

ウタ、おれは――。

目蓋《まぶた》が重たい。ウタにもう一度手を伸《の》ばそうとしたけど、陽介《ようすけ》の意識はそこで途《と》絶《だ》えた。

「――忘《わす》れものはないか？」

お父さんに声をかけられ、「大丈夫《だいじょうぶ》」と陽介《ようすけ》は返事をした。

年越《としこ》し前の年末、陽介《ようすけ》は病院を退院《たいいん》できることになった。

一時は生死を危《あや》ぶまれるくらい、陽介《ようすけ》の容態《ようだい》は悪くなった。が、急に息を吹《ふ》きかえしたように心臓《しんぞう》の動きがよくなり、一週間で退院《たいいん》できるまでに回復《かいふく》

した。奇跡的《きせきてき》な回復《かいふく》ぶりには本人や家族だけでなく医師《いし》もおどろいていて、

「信じられない」と何度もくりかえした。

ナースステーションにあいさつし、陽介《ようすけ》は両親とともに病院をあとにする。

外に出るとたちまち顔の表面が冷え、真冬の寒さに背《せ》すじがしゃんとした。

車の後部座席《こうぶざせき》に乗りこみ、ようやくひと息つく。

すると、助手席に座《すわ》ったお母さんがこちらをむいた。なんだか楽しそうな顔をしている。

「今日ね、陽介《ようすけ》に会いたいって人が家に来る予定なの」

「おれに？　あ、じーちゃんたち？」

陽介《ようすけ》が聞いても、両親は笑うばかりで教えてくれない。

「帰ってからのお楽しみ」

そして、約三十分後。

陽介《ようすけ》の家の前で待っていたのは、半年ぶりに会う七尾《ななお》だった。

二人は泣きながら何度も何度も謝《あやま》りあって、最後は笑いあって家に入った。

九．聴く

「——あれ、金魚は？」

陽介《ようすけ》はリビングの空の水槽《すいそう》に気がついた。ここに、夏まつりの金魚釣《つ》りでもらった赤い金魚が十匹《ぴき》以上いたはずなのに。

「突然《とつぜん》、死んじゃったのよ」

両親の説明によると、陽介《ようすけ》が生死をさまよった日の翌朝《よくあさ》、すべての金魚が浮《う》かんでいたのだという。

「金魚が、悪いものを陽介《ようすけ》の代わりに受けてくれたのかもな」

七尾《ななお》がまじめな顔になって、空の水槽《すいそう》に手をあわせる。そんなバカな、と笑いそうになったものの、陽介《ようすけ》はウタのことを思い出す。

世界には、陽介《ようすけ》には思いもよらない何かがたくさん存在《そんざい》する。

たとえば、最近の音楽にくわしくて、甘《あま》いものが好きで、短歌が好きな死神とか。

陽介《ようすけ》は、七尾《ななお》に聞いてみた。

「おれが曲を作ったら、七尾《ななお》、歌ってくれない？」

「え、やるやる。歌詞《かし》は？」

「歌詞《かし》は、がんばって考える」

歌詞《かし》には、五と七の音がいい。ウタのアドバイスを思い出しながら、陽介《ようすけ》は言葉を探《さが》しはじめた。

＊＊＊

ウタは、ひさしぶりに〝上〟から怒《おこ》られた。

『ヤめなって言ったのニー』

クロノスもぷりぷりして、パシパシと画面をたたくようにしっぽを動かしている。

けど、ウタはそれも覚悟《かくご》の上でリストを書きかえた。中学生の少年と金魚の余命《よめい》じゃ天秤《てんびん》が釣《つ》りあわないことくらい、重々承知《しょうち》している。

クリスマスが終わり、お正月かざりをはじめている商店街の店先をウタは

九．聴く

ぼんやりと見つめた。人の世界では、また新しい一年がやって来るらしい。

「……あと何回、年明けを迎《むか》えたら、ボクは死神じゃなくなると思う？」

クロノスはずっとご機嫌《きげん》ナナメなまま。『知らニャイ！』とそっぽをむく。

ため息をつきつき、ウタは今日もリストを確認《かくにん》する。

リストというのは、もともとても不安定で不確実《ふかくじつ》なものだ。

生きものの寿命《じゅみょう》は、ちょっとしたことですぐに伸《の》び縮《ちぢ》みする。人間の口にする「未来」ほど不確実《ふかくじつ》なものはないと、ウタはしみじみ知っている。

そんなリストを意図的に書きかえることができるのは、〝上〟か死神だけだった。そして、書きかえができるということは。

変更《へんこう》の余地《よち》があるということ。

未来は不確実《ふかくじつ》で、いつだって余地《よち》がある。そして、本当に余地《よち》がない場合は、〝上〟でも死神でも変更《へんこう》はできない。

……あのおじいさんのときは、もう書きかえできなかったな。

遠い遠い記憶《きおく》がうっすらよみがえり、ウタは《黒タブ》を見た。けど、古いリストは手もとに残らないし、残っている歌はあれど、そこに名前は一つもない。
ウタはいつものように一首詠《よ》んでみた。それからふと思いつき、そこに詞《こと》書《ば》を書きそえる。

　らしくない。

でも、一度書いた文字を消すのもためらわれ、結局そのままにすることにした。

かかわった魂《たましい》の名前なんて、一つ一つ覚えていられない。すぐに忘《わす》れるものなのに。

『歌人《かじん》にふさわしいよ』

あんなふうに、言われたせいだ。

【畑中陽介《はたなかようすけ》
友だちと呼《よ》ぶだけならば誰《だれ》にでも　きみは忘《わす》れて歌だけ残る】

もっと知りたい！　用語解説《かいせつ》

詞書《ことばがき》 …短歌の前につける文章や言葉のこと。
内容を補足《ほそく》するために使われる。

歌人《かじん》 …和歌を詠《よ》む人のこと。なお、俳句《はいく》を作る人のことは俳人《はいじん》と呼ぶ。

短歌の歴史と代表的な歌人《かじん》って？

奈良《なら》時代 …日本最古の歌集『万葉集』が誕生《たんじょう》

主な歌人《かじん》 大伴家持《おおとものやかもち》、柿本人麻呂《かきのもとのひとまろ》、山上憶良《やまのうえのおくら》、額田王《ぬかたのおおきみ》など

平安《へいあん》時代 …日本最初の勅撰和歌集《ちょくせんわかしゅう》『古今和歌集』が誕生《たんじょう》

主な歌人《かじん》 紀貫之《きのつらゆき》、紀友則《きのとものり》、小野小町《おののこまち》、在原業平《ありわらのなりひら》など

鎌倉《かまくら》時代 …『新古今和歌集』『小倉百人一首』が誕生《たんじょう》

主な歌人《かじん》 寂蓮《じゃくれん》、西行《さいぎょう》、後鳥羽院《ごとばいん》、源 実朝《みなもとのさねとも》、藤原定家《ふじわらのさだいえ》など

明治《めいじ》時代 …和歌革新運動《わかかくしんうんどう》※が起こる

主な歌人《かじん》 与謝野鉄幹《よさのてっかん》、正岡子規《まさおかしき》、佐佐木信綱《ささきのぶつな》、石川啄木《いしかわたくぼく》など

※旧来の和歌の形式にとらわれず、新しい表現技法を取り入れるべきだと主張した運動のこと。

十 詠《よ》む

これは、今から数年か、はたまた何十年か前。

ボクが、「ウタ」になる前の話。

＊＊＊

死神の仕事は、毎日とにかくしんどかった。

担当《たんとう》エリアが決められているとはいえ、いろんな場所に移動《いどう》して、死者を、魂《たましい》を探《さが》さないといけないし。

魂《たましい》に理不尽《りふじん》なことを言われたり、されたりすることもたくさんだし。

冥界《めいかい》の者は睡眠《すいみん》も食事も必要としない。だからといって、昼夜《ちゅうや》問わずリストにしたがって働きつづけろっていうのは、あんまりにもほどがある。

「なんで、死神になんてなっちゃったんだろう」

ぼやくと、クロノスがにゃあにゃあと笑った。

『自業自得《じごうじとく》だネ！』

死神のアシスタントだというのに、クロノスはいつもボクをバカにするようなことばかり言う。

「うっさいなぁ」

ボクにだって、こたえはわかってる。死者の魂《たましい》を扱《あつか》う冥界《めいかい》でのルール違《い》反《はん》を、〝上〟はかんたんにはゆるしてくれない。死神業務《ぎょうむ》はその罰《ばつ》だ。

文句《もんく》があるなら働けってことだよね、了解《りょうかい》。

こんなふうに文句《もんく》たらたらで、死神としては新米《しんまい》だったボクはその冬の終わり、ある病院を訪《おとず》れた。もうすぐここで亡《な》くなる予定の魂《たましい》の名前が、リストに載《の》っていたのだ。

このリストっていうのは不思議なもので、すべての死者の名前が載《の》っているわけじゃない。未練が強く残りそうな死者の名前だけがピックアップされていて、それをもとにボクら死神は仕事をする仕組みになっている。

そんなわけで、今回のボクの担当《たんとう》は、八十代後半のおじいさん、高田徳夫《たかだのりお》。長患《ながわずら》いしていてもう何か月も入院しており、死期が近づいているらしい。

ボクはひとまず下見をするため、目当ての六人部屋の病室をのぞいた。ベッドは四つ埋《う》まっていて、見舞客《みまいきゃく》が来ているおじいさんが一人、看護師《かんごし》さんと話しているおじいさんが一人、そしてカーテンでおおわれていて様子がわからない人が二人という感じだ。

ボクは入口の名札を確認《かくにん》し、カーテンでおおわれているベッドの一つに近づくと、すき間からそっと中をのぞいた。

パジャマ姿《すがた》の小柄《こがら》なおじいさんが上体を起こしていて、ノートに何かを書きつけている。日記？

「——誰《だれ》かな？」

おじいさんがボクに気がついた。死を強く意識《いしき》していたり、死期が近かったりする人間には、まれに死神が見えることがあるのだ。

下見だけのつもりだったのにな。

おじいさんは老眼鏡《ろうがんきょう》を動かすようにし、目を細めてボクを見つめる。その表情《ひょうじょう》が、ふいにハッとしたようなものになった。

「……ソータ？　おお、ソータじゃないか！」

おじいさんは、顔中のしわを集めるようにしてくしゃりと笑う。

「よく来た、よく来た。お母さんはいないのか？　一人か？　ほれ、そのいすに座《すわ》るといい」

おじいさんに手招《てまね》きされ、ボクはしかたなくカーテンのすき間からベッドのそばに移動《いどう》した。黒いマントにブーツというこの格好《かっこう》を見れば、おじいさんが人ちがいに気づくだろうと期待したのだ。

けど、おじいさんは人ちがいに気づくどころか、うれしそうにボクの手を取った。おじいさんの手はカサカサ乾燥《かんそう》していて、でもじんわりあたたかい。

「冷たい手だなぁ。外、寒かったか。ホント、よく来てくれたなぁ。こんな

に大きくなって……ありがとなぁ」

おじいさんはボクの手をさすりながら、しまいには目もとをうるませてぐずりと洟《はな》をすすりだす。

どうしよう……。

人ちがいですって伝える？　でも、こんなによろこんでるのに？

それに、とボクは思いついた。

かんちがいさせたままのほうが、もしかしたら未練が少なくなるかも。

魂《たましい》に残った未練が大きいほど、未練の糸を切るのが大変になる。少し前、糸があまりにかたくてなかなか切れなくて、泣きそうになったのを思い出す。

ああいう仕事はあんまりやりたくない。

少しでも楽に仕事ができるかもしれないなら、「ソータ」とやらのフリをしてみよう。

「その……ひさしぶり」

あいさつはどうしてもぎこちないものになってしまった。でも、おじいさんはうれしそう。

「うんうん、ひさしぶりだ。もう、小学校は卒業したのか？」

「あぁ、うん、多分……」

「そうか、中学生か。そりゃ、大きくなるよなぁ」

なんとかごまかせたみたいだけど、これ以上質問《しつもん》されてボロが出るのは避《さ》けたい。ボクはおじいさんが持っているノートを指さした。

「何書いてたの？　日記？」

「あぁ、これか」

おじいさんは、ちょっと照れたような顔になりつつ、ノートをひらいてボクに見せた。

少しガタガタした文字で一文書かれている。ところどころに消して書きなおしたようなあとがあり、おじいさんが時間をかけて書いたことがうかがえた。

「短歌だよ」

そのとき、「高田《たかだ》さーん」と呼《よ》ぶ看護師《かんごし》さんの声がした。検査《けんさ》か何かの時間らしい。

おじいさんは、ボクの手をつかむ手にギュッと力をこめた。

「明日も来てくれるか？」

その晩《ばん》、ボクは深夜には人がいなくなる、病院一階の待合室で過《す》ごした。

クロノスの力を借りつつ《黒タブ》で調べると、「ソータ」というのがおじいさんの孫の壮太《そうた》のことだとすぐにわかった。

『孫のフリなんて、できるのカニャ？』

クロノスが、また意地悪な口調でにゃあにゃあと言う。

「やるだけやるのが死神なんだろ」

『いい心がけネ』

それから、ボクは「短歌」についても調べてみた。

十．詠む

翌日《よくじつ》になるとリストが更新《こうしん》されたので、ボクはべつの仕事を済《す》ませ、昼過《ひるす》ぎにおじいさんを訪《おとず》れた。

「今日も来てくれたのか！」

来るように言ったのは自分のくせに、おじいさんはこれでもかとよろこんでボクを迎《むか》えた。そして、看護師《かんごし》さんに売店で買ってきてもらったという、チョコレートやキャンディをボクにすすめた。

ボクがなかなか手を出さないので、おじいさんは眉《まゆ》を八の字にする。

「甘《あま》いのは嫌《きら》いか？」

わからなかった。ボクには、冥界《めいかい》の者になる以前の、人間だったころの記憶《きおく》がない。

それに、死神が現世《げんせ》の食べものに手を出していいのかもわからなかった。死神は食事を必要としないのだ。

……だけど。

ボクはそっとチョコレートを手に取った。死神が何かを食べる必要はないと聞いてはいたが、食べてはいけないとも聞いていない。

丸くて茶色い粒《つぶ》を、思いきって口の中に放りこむ。

舌《した》の上でとろんと甘《あま》い味がひろがって、ボクの世界はたちまちきらめいた。

そんなボクの様子に、おじいさんも満足そうな笑顔《えがお》になる。

「甘《あま》いもの、好きか」

「うん」

「じゃあ、もっと買っておかないとな」

チョコをパクパクと食べているボクを見ながら、おじいさんは昨日と同じノートをひらく。そこで、ボクは昨晩《さくばん》調べたことを口にした。

「短歌って、和歌の形式の一つなんだよね」

「そうだ。学校で習ったのか？」

「そんなような感じ」

すると、おじいさんが和歌のことを教えてくれた。

基本《きほん》は五七五七七、三十一文字で詠《よ》む定型詩《ていけいし》で、千三百年以上の歴史があ

十．詠む

る。

「おじいさ――」

孫が「おじいさん」と呼《よ》ぶのは変だなと思い、言いなおした。

「おじいちゃんは、その短歌っていうのを詠《よ》んでるの？」

「そうだ。昨日も詠《よ》んだぞ」

おじいさんは、コホンと咳払《せきばら》いして披露《ひろう》する。

【突然《とつぜん》の孫の訪問《ほうもん》なんとまあ久方《ひさかた》ぶりに夕餉《ゆうげ》を完食】

短歌って、詩とか和歌とかいうし、かた苦しいものだと思っていたのに。意外とそうじゃないのかな。なんだか日記みたい。ひさしぶりに夕ご飯を完食したってことだよね。

ボクはもしかして、と思い、《黒タブ》を確認《かくにん》した。するとびっくり、リストに載《の》っているおじいさんの寿命《じゅみょう》が数日延《の》びている。

おじいさん、孫（のフリをしたボク）に会えて、元気になってるじゃん！

「いつ死んでもおかしくない体だからな。辞世《じせい》の歌のつもりで、毎日詠《よ》んでいるんだ」

「じせいの歌？」

「この世に別れをつげるための歌ということだ」

おじいさんは話しつかれたのか、ふぅ、と大きく息をはき、起こしたベッドに体をもたれかけさせた。

おじいさんは、もうすぐやって来る死を覚悟《かくご》しているように見えた。

一体、何が未練なんだろう。

それからも、ボクは毎日おじいさんの病室に通った。

おじいさんはたくさんのお菓子《かし》を用意し、そして辞世《じせい》の歌を披露《ひろう》する。

【窓《まど》ガラス結露《けつろ》のしずく流れ落ち来世は孫と桜《さくら》を見るか】

【孫思い甘味《かんみ》用意し夕暮《ゆうぐ》れに娘《むすめ》とつないだ手を思い出す】

【秒針《びょうしん》はとまらず時は川のよう明日の孫はどう笑うのか】

おじいさんの歌には、いつも「孫」という単語がふくまれていた。

どれだけ孫に会いたかったんだろう。

ボクは、ホンモノの「ソータ」じゃないのに。

これが仕事なんだと思いながらも、ボクの胸《むね》はにぶく痛《いた》んだ。でも、おだやかな目をむけてくるおじいさんに、人ちがいですとはもう言えない。

だからボクはチョコレートを、キャンディを、クッキーを食べながら、おじいさんの歌を聞き、短歌について教えてもらう。

おじいさんにはボクが見えているけど、看護師《かんごし》さんや同室の患者《かんじゃ》さんたちはもちろんそうじゃない。なので、ボクと話しているおじいさんの声を聞き、「高田《たかだ》さんも頭がもうろうとしてきたのかね」と哀《あわ》れむような目をむけられていた。

でも、おじいさんは気にしない。看護師《かんごし》さんにお菓子《かし》を買うように頼《たの》み、そしてにこにことボクを迎《むか》える。

ニセモノの孫と会うことでおじいさんは活力をとりもどし、ほんの少し寿《じゅ》命《みょう》が延《の》びた。

でもそれは、やはりほんの少しのこと。

病魔《びょうま》にむしばまれたおじいさんの体は、次第《しだい》に自由がきかなくなっていった。

「……今日の辞世《じせい》の歌を考えたんだけど、書けてなくて」

鎮痛剤《ちんつうざい》のせいでぼんやりした目でそんなことを言うおじいさんのため、ボクがノートに代わりに書くこともあった。

【今日もまた孫の顔見て生を知る死神さんよまだ待てるかい】

「死神」という単語にドキリとする。

「……おじいちゃんは、死神っていると思う?」

ボクの質問《しつもん》に、おじいさんはゴボッとたんの混《ま》じった咳《せき》でかえした。

その翌日《よくじつ》は、いつもは補充《ほじゅう》されているお菓子《かし》がなく、おじいさんはずっと苦しげな呼吸《こきゅう》をくりかえしていた。

「歌……歌が……」

おじいさんがうわ言のようにつぶやくので、ボクはノートのページをひらいた。ミミズみたいな線がいくつかのたうっていて、文字になっていない。

『もうすぐだね』

なんて言うクロノスを、ボクはスリープさせてだまらせた。

その晩《ばん》からおじいさんは高熱を出し、大部屋から個室《こしつ》に移《うつ》された。

おじいさんにつながれた機械がひっきりなしに音を立て、医師《いし》や看護師《かんごし》が慌《あわ》ただしく出入りする。

病室のすみっこで、ボクは《黒タブ》のリストを確認《かくにん》した。

そして、そのさらに翌日《よくじつ》の日がしずむ直前のこと。

おじいさんは、永眠《えいみん》した。


「――やあ」

病室の外、小さな待合コーナーの長《なが》いすに座《すわ》っていたら、おじいさんがぺたぺたと歩いてきた。おじいさんは見慣《みな》れたパジャマ姿《すがた》で、足もとは裸足《はだし》だ。

「待たせたかな」

おじいさんは、「よっ」と声を出して長《なが》いすのボクのとなりに腰《こし》かける。

「体も軽いしどこも痛《いた》くないのに、こんなふうに声が出てしまうのは、生きていたころのクセなのかね」

おじいさんは、ケケケ、と笑う。

となりのボクは、ペコッと頭をさげた。

「ごめんなさい」

「なんだ?」

「もう、わかってると思うけど。ボクは、あなたの孫じゃないんです」

魂《たましい》の存在《そんざい》になった今のおじいさんには、老眼《ろうがん》も近眼《きんがん》もない。ボクが孫のソータと似《に》ても似《に》つかないことに、もう気づいているだろう。

けど、おじいさんはまたケケケと笑うだけ。

「きみがソータじゃないことくらい、最初からわかってたわ」

「そうなの？」

「ソータが……孫が、見舞《みま》いに来るわけなんてないんだ」

おじいさんは、ポツポツと話しだした。

おじいさんは若《わか》いころ、酔《よ》うと妻《つま》や娘《むすめ》に手をあげることもある、最低な人間だったこと。

妻《つま》が亡《な》くなりようやく自分の行いを反省したが、結婚《けっこん》して家を出ていった娘《むすめ》とは絶縁状態《ぜつえんじょうたい》となってしまったこと。

孫の写真を、親戚経由《しんせきけいゆ》でこっそりもらっていたこと。

「孫に会う資格《しかく》なんて、わたしにはないんだ。――だから」

おじいさんは、いつかのようにくしゃりと笑ってボクにむきなおった。

「ありがとう。きみが来てくれて、孫のいるおじいちゃんの気分を味わえた」

「そんな。ボク、は……」

礼を言われるようなことなんて、何もしていない。

「きみは、死神なのか」

「うん」

「そうか……」

おじいさんは細い腕《うで》を伸《の》ばすと、ポンポンとボクの頭のてっぺんをなでた。

「一人で、小さな体で、大変な仕事をしててエラいな」

魂《たましい》に体温なんてものはない。なのに、頭のてっぺんがじわりと熱くなるように感じた。

「ボクは……まだまだ、へっぽこで。うまくいかないこと、ばっかりで」

「うん」

「死にゆく魂《たましい》に、どんなふうにむきあったらいいのか、全然わからないんだ」

ポン、ポン、ポン。

おじいさんの手がはなれた。

十．詠む

「それは、わたしと同じだな」

「同じ？」

「わたしも、家族とむきあえなかった」

だから。

「歌を詠《よ》んでたんだ」

ボクには、おじいさんの言っていることがよくわからなかった。

むきあい方がわからないことと短歌に、なんのつながりがあるんだろう。

おじいさんは、ふたたび「よっ」と声を出して長《なが》いすから立ちあがる。

「なんだか、もう時間が残っていないような気がするね。――きみ、名前は？」

「名前？」

「きみにも、名前くらいあるんじゃないのか？」

ボクは目を丸くした。

「……ない」

「ない？」

「ボクには、名前なんてないよ。なんていうか……そういう存在《そんざい》じゃない、というか」

「でも、名前がないなんて不便だろう」

おじいさんはうーんとうなって額《ひたい》に手をあて、やがてぱんっと両の手を打ち鳴らした。

「ウタ」

「ウタ？」

「そう、きみの名前は『ウタ』だ。歌人《かじん》にふさわしい、いい名前だ」

「歌人《かじん》って、短歌を詠《よ》む人のこと？」

「そうだ」

どうして、短歌を詠《よ》まないボクにそんな名前をつけるんだ。

けど、文句《もんく》を言おうにもうまい言葉が見つからず、おまけに気づいてしまった。

おじいさんの未練の糸は、もうほとんど見えないくらいに細くなっている。

「あの……ボク……」

「ウタ、どうか、わたしの辞世《じせい》の歌を聞いてくれ」

【死神に歌を遺《のこ》して別れつげきみが詠《よ》む春想《おも》って眠《ねむ》る】

――ぷつん。

糸が切れて、おじいさんの笑顔《えがお》もふつりと見えなくなった。


ボクはしばらく動けなかった。

ウタ、という名前を舌《した》の上で転がしてみる。

そこに甘《あま》さはこれっぽっちもない。

けど、はじめてチョコレートを口にしたときとどこか似《に》た、世界の見え方が変わるような感覚もあった。

『死神に、名前なんていらないのにネ』

クロノスをムシし、ボクは――ウタは、《黒タブ》を操作《そうさ》する。

おじいさんの辞世《じせい》の歌をまずはメモし、それから考えてみた。

「【思い出して】……これだと、五文字にならない。六文字だ」

字余《じあま》りでもいいけど、でも最初から妥協《だきょう》はしたくない。

ボクがぶつぶつ言っていると、クロノスが邪魔《じゃま》してきた。

『何やってるの？　つぎの仕事には行かないの？』

うるさいクロノスをだまらせたくてタップしたけど、画面の中でひょいひょいとかわされる。

ボクは思わず声をあらげた。

「考えてるんだから、少しほっといてよ！」

クロノスがようやくだまり、画面のすみで丸くなる。

ボクは呼吸《こきゅう》を整え、あらためておじいさんのことを思い出しながら試行錯誤《しこうさく》した。

五七五七七の三十一文字にするって、こんなにむずかしかったんだ。

全然、言葉がまとまらない。

十．詠む

――でも。
歌に残せば、おじいさんのことを少しは憶《おぼ》えていられるような気がした。
ボクはすぐに物を忘《わす》れてしまうへっぽこだけど、歌人《かじん》の「ウタ」なら。
もう少しうまく、魂《たましい》とむきあえるかもしれない。
『……ねぇ』
少しして、クロノスがボクの顔色をうかがうように話しかけてきた。
『ムシしないでヨ。ねぇ……ウタってば！』
名前を呼《よ》ばれ、クロノスに目をやる。気づけば、だいぶ時間がたっていた。
『もう、考えるのは終わった？』
クロノスの問いに、ボクは、ウタはうなずいた。
満足なんて、まったくできてない。句跨《くまた》がりも句割《くわ》れも字余《じあま》りもあるし。
けど、これくらいいびつなほうが、新米歌人《しんまいかじん》にはちょうどいいような気がする。

【思い出を三十一《さんじゅういち》の音に詰《つ》める小さな背中《せなか》　くれた名を抱《だ》く】

もっと知りたい！　用語解説《かいせつ》

辞世《じせい》の歌 …この世に別れを告げる際にのこす短歌のこと。多くの歴史上の人物が辞世の句をのこしており、作品から読み手の人柄《ひとがら》や心情を味わうことができる。

有名な
辞世《じせい》の句

菅原道真《すがわらのみちざね》

原文 東風《こち》吹《ふ》かば　匂《にほ》ひおこせよ　梅の花　主《あるじ》なしとて　春を忘《わす》るな

現代語訳 春が来て東風《こち》が吹《ふ》いたとしたら、香りを私のもとまで送っておくれ、梅の花よ。主人がいないからといって、春を忘《わす》れてはいけないよ。

豊臣秀吉《とよとみひでよし》

原文 露《つゆ》と落ち　露《つゆ》と消えにし　我《わ》が身《み》かな　浪速《なにわ》のことも　夢のまた夢

現代語訳 露《つゆ》のように生まれ、露《つゆ》のように消えるような儚《はかな》い人生だった。大坂で築いた栄《えい》華《が》の日々も、今となればまるで夢の中のようだ。

黒田官兵衛《くろだかんべえ》

原文 おもひおく　言の葉なくて　つひにゆく　みちはまよわじ　なるにまかせて

現代語訳 この世に残しておくような言葉はもう何もない。今はあの世へ迷うことなく心静かに旅立つだけだ。

上杉謙信《うえすぎけんしん》

原文 四十九年　一睡《いっすい》の夢　一期の栄華《えいが》　一盃《いっぱい》の酒

現代語訳 四十九年の人生は、まるでひと眠りのあいだに見た夢のように儚《はかな》かった。極めた栄華《えいが》も、所詮《しょせん》はただ一杯《いっぱい》の酒のようなものだ。

伊達政宗《だてまさむね》

原文 曇《くも》りなき　心の月を　先だてて　浮世《うきよ》の闇《やみ》を　照してぞ行く

現代語訳 先の読めないこの世ではあったが、夜に月の光を頼《たよ》りに道を進むように、自分が信じた道を頼《たよ》りにただひたすら歩いてきた。

土方歳三《ひじかたとしぞう》

原文 よしや身は　蝦夷《えぞ》が島辺に　朽《く》ちぬとも　魂《たましい》は東の　君やまもらむ

現代語訳 たとえこの身が蝦夷《えぞ》の地で朽《く》ち果てたとしても、私の魂《たましい》は江戸《えど》の将軍《しょうぐん》を守るだろう。

〈著者略歴〉
神戸遥真（こうべ・はるま）
千葉県出身。「恋ポテ」シリーズで第45回日本児童文芸家協会賞、『笹森くんのスカート』（以上、講談社）で令和5年度児童福祉文化賞を受賞。第21回千葉市芸術文化新人賞奨励賞を受賞。「ぼくのまつり縫い」シリーズ（偕成社）など著書多数。

〈参考文献・資料〉
『ちびまる子ちゃんの短歌教室』キャラクター原作：さくらももこ、著：小島ゆかり（集英社）
『百人一首のひみつ100』監修：佐佐木幸綱（主婦と生活社）
『解説 百人一首』著：橋本武（筑摩書房）
『読んで楽しむ百人一首』著：吉海直人（KADOKAWA）
『知識ゼロからの短歌入門』監修：佐佐木幸綱、著：「心の花」編集部（幻冬舎）
『基礎からわかる　はじめての短歌　上達のポイント』監修：高田ほのか（メイツユニバーサルコンテンツ）
『推し短歌入門』著：榊原紘（左右社）

「はじめての競技かるた｜一般社団法人全日本かるた協会ウェブサイト」《https://www.karuta.or.jp/karuta/first-time/》

装丁・本文デザイン ● 根本綾子（Karon）
カバー・本文イラスト ● やづな

5分間ノンストップショートストーリー

死神短歌

2025年3月6日　第1版第1刷発行

著者　神戸遥真
発行者　永田貴之
発行所　株式会社PHP研究所
東京本部　〒135-8137　江東区豊洲5-6-52
児童書出版部　☎03-3520-9635（編集）
普及部　☎03-3520-9630（販売）
京都本部　〒601-8411　京都市南区西九条北ノ内町11
PHP INTERFACE　https://www.php.co.jp/
組版　株式会社RUHIA
印刷所・製本所　TOPPANクロレ株式会社

ISBN978-4-569-88206-2

NDC913　191P　20㎝